LA RENUNCIA DEL HÉROE BALTASAR

COORDINADA POR
JULIO ORTEGA

AULA ATLÁNTICA es un lugar para el encuentro de todas las orillas de la lengua: América Latina, el Caribe, España, Estados Unidos. Compilados por especialistas universitarios, estos libros –clásicos, modernos, contemporáneos– suman una colección que provee a estudiantes, maestros y lectores de títulos y perspectivas capaces de renovar el gusto por la lectura compartida de nuestro territorio franco: las imaginaciones creativas más intensas y afortunadas del idioma.

Edgardo Rodríguez Juliá

La renuncia del héroe Baltasar

CONFERENCIAS PRONUNCIADAS POR ALEJANDRO CADALSO EN EL ATENEO PUERTORRIQUEÑO, DEL 4 AL 10 DE ENERO DE 1938

PRÓLOGO, BIBLIOGRAFÍA Y NOTAS
BENJAMÍN TORRES CABALLERO

FONDO DE CULTURA ECONÓMICA

Primera edición, 2006

Rodríguez Juliá, Edgardo
La renuncia del héroe Baltasar. Conferencias pronunciadas por Alejandro Cadalso en el Ateneo Puertorriqueño, del 4 al 10 de enero de 1938 / Edgardo Rodríguez Juliá ; pról., bibliografía y notas de Benjamín Torres Caballero. – México : FCE, 2006
136 p. ; 21 × 14 cm – (Colec. Aula Atlántica)
ISBN 968-16-7307-7

1. Novela puertorriqueña – Siglo XX 2. Literatura latinoamericana I. Torres Caballero, Benjamín, pról. II. Ser. III. t.

LC PS3556 Dewey Pr863 R635r

Distribución mundial

Comentarios y sugerencias:
editorial@fondodeculturaeconomica.com
www.fondodeculturaeconomica.com
Tel. (55)5227-4672 Fax (55)5227-4694

Diseño de portada e interiores: León Muñoz Santini

ISBN 968-16-7307-7

Impreso en México · *Printed in Mexico*

Índice

Prólogo

LA GENERACIÓN DEL 70

LA INVASIÓN NORTEAMERICANA en 1898 representó para Puerto Rico, por un lado, una continuación de la situación colonial y, por otro, significativos cambios materiales y espirituales. Frente a la injerencia foránea se inicia en la literatura puertorriqueña una afirmación de lo autóctono. Fueron los escritores de la generación del 30 los que opusieron el nacionalismo cultural de corte hispanófilo a la intrusión de la cultura anglosajona. Es una generación en que se destacan los ensayistas y produce dos obras de primera fila: Antonio S. Pedreira, *Insularismo* (1934), y Tomás Blanco, *Prontuario histórico de Puerto Rico* (1935).

La generación del 50 –para algunos la del 40– caracterizada por excelentes narradores, tanto novelistas como cuentistas, desarrolla una crítica del Estado Libre Asociado, la fórmula que define la situación o estatus político de Puerto Rico a partir de 1952. Como ha señalado María Caballero, los escritores de esta generación –Abelardo Díaz Alfaro, José Luis González, René Marqués, Pedro Juan Soto y Emilio Díaz Valcárcel, entre otros– recogen en sus obras la postura de ciertos anexionistas, marcada por un "complejo de inferioridad", según la cual Puerto Rico no es capaz de gobernarse a sí mismo, ni podría tampoco subsistir como entidad independiente, y por tanto necesita de la "protección" de un país fuerte como los Estados Unidos (13).* Frente a la pasividad vista como impulso autodestructor y a lo que se percibe como un progresivo desgaste de la puertorriqueñidad, René Marqués, por ejemplo, propone un regreso a la tierra.

La generación de escritores a la que pertenece Edgardo Rodríguez Juliá y que incluye a Rosario Ferré, Magali García Ramis, Carmen Lugo Filippi, Mayra Montero, Olga Nolla, Juan Antonio Ramos, Manuel Ramos Otero, Edgardo Sanabria Santaliz y Ana Lydia Vega, es la del 70. En su texto ya clásico sobre el tema Efraín Barradas describe del siguiente modo las características del nuevo enfoque narrativo de los escritores de esta generación:

> Se destacan estas narraciones por la fusión de voz narrativa y voz de los personajes; por su fascinación por lo histórico entendido en términos estéticos; por la nueva identificación que en ellos se establece con el proletariado puertorriqueño, con el mundo antillano y con el resto de América Latina; por el empleo del lenguaje de las clases económicamente bajas como base para la creación de una lengua literaria propia; por la presentación indirecta de la decadencia de la clase media de raíces decimonónicas; por su aporte de un punto de vista femenino y feminista; por la conciencia de la literaturidad del texto mismo (xxvii).

Refiriéndose específicamente al "falso siglo XVIII" de *La renuncia del héroe Baltasar* para ilustrar la perspectiva de la generación del 70 ante la historia, Barradas afirma que "los nuevos narradores desean crear un texto donde su imaginación recree una historia que pudo ser pero que no fue" (xx).

* Los números que, a partir de aquí, se consignan entre paréntesis corresponden a la página de la obra del autor citado, cuya referencia bibliográfica completa el lector podrá encontrar en la bibliografía. [E.]

EDGARDO RODRÍGUEZ JULIÁ

Para María Caballero la obra de Edgardo Rodríguez Juliá aglutina dos géneros de gran vigencia en la literatura mundial: la novela histórica y la crónica literaria (2). Afirma también que Rodríguez Juliá "intenta desvelar el enigma de la renuncia a la libertad por parte del puertorriqueño desde dos ejes", desde el siglo XVIII, es decir, remontándose a las raíces de la puertorriqueñidad moderna, y desde el Puerto Rico contemporáneo (30). Para hacerlo se vale en gran medida de aquellos dos géneros.

El primer momento de la obra de Rodríguez Juliá es el de las novelas "históricas": *La renuncia del héroe Baltasar* (1974), obra de inspiración borgiana que parodia el archivo de la historiografía criolla; *La noche oscura del Niño Avilés* (1984), *El camino de Yyaloide* (1994) y *Pandemonium* (inédita) –a pesar de las fechas de publicación Rodríguez Juliá asevera que fueron terminadas en conjunto entre 1972 y 1978–, trilogía que continúa la parodia y presenta el nacimiento de la nacionalidad puertorriqueña como una sucesión de utopías fundacionales fracasadas. Y en general, como afirma María Caballero refiriéndose a la marginalidad negra de *La renuncia del héroe Baltasar* y a la cimarrona de *La noche oscura del Niño Avilés,* "En ambos casos una historia, inexistente como tal, se utiliza para alegorizar una sincrética cultura caribeña que pudo haber sido" (31).

De los textos que aclaran lo que se planteó hacer en su obra temprana, "Borges, mi primera novela y yo" (incluido como apéndice en esta edición) resulta sumamente esclarecedor. En ese artículo Rodríguez Juliá explica cómo, bajo la influencia del maestro porteño, se propuso en *La renuncia del héroe Baltasar* crear una novela manierista y no barroca. En lugar de la amplificación barroca de Carpentier o Lezama Lima, bajo cuyo influjo escribió *La noche oscura del Niño Avilés,* la primera novela de Rodríguez Juliá sería conceptista, es decir, narraría una idea. Esa idea, nos dice Rodríguez Juliá, sería el nihilismo, y el conflicto giraría en torno a las tensiones raciales en el Puerto Rico del siglo XVIII. Como en un gran número de los cuentos de Borges, la idea es llevada a sus consecuencias últimas y a veces absurdas e hiperbólicas. La novela culmina, como veremos, en una "utopía del rencor".

En "Mapa de una pasión literaria", al hablar sobre sus dos novelas juveniles –se refiere a *La renuncia del héroe Baltasar* y a *La noche oscura del Niño Avilés*–, Rodríguez Juliá señala que fueron escritas siguiendo los modelos de los grandes escritores del *boom* "con su visión heroica de la historia, la ciudad y la identidad nacional" (*Mapa:* 83-84). No obstante, estas ficciones anticipan las características de la novela histórica hispanoamericana del *postboom:* "parodia, ironía, anacronismo voluntarista y falsificación borgiana serán las señas de un acercamiento más lúdico e irreverente ante las solemnidades de la historia" (*Mapa:* 84).

"Mapa de una pasión literaria" nos ofrece también una descripción del segundo periodo o momento en la obra de Rodríguez Juliá, el de las crónicas del Puerto Rico contemporáneo –*Las tribulaciones de Jonás* (1981), *El entierro de Cortijo* (1983), *Una noche con Iris Chacón* (1986), *Puertorriqueños* (1988) y *El cruce de la Bahía de Guánica* (1989)–; dos colecciones más recientes, *Peloteros* (1997) y *Elogio de la fonda* (2001), beisbol y comida criolla, añaden a la complejidad de un panorama movedizo. Rodríguez Juliá explica que "para asediar el espacio de la sociedad cambiante" buscaba una forma nueva, dúctil y alterna, y se decidió por la crónica, la cual describe como "un espacio promiscuo, sin cánones, descodificado, donde la semblanza conviviría con el reportaje, donde el ensayo se animaría con los trucos del arte narrativo, donde el boceto, los apuntes, la lectura rápida de una realidad vertiginosa, deberían subvertir las reposadas formas del cuento, el relato largo o la novela" (*Mapa:* 85). Si la novela fue el género escogido para imaginar la historia de Puerto Rico del siglo XVIII, la crónica se convierte en la forma predilecta, por camaleónica, para captar las metamorfosis de la sociedad contemporánea en transición. Además, en "*Las tribulaciones de Jonás* (veinte años después)" explica que la escritura de su primera crónica marcó un cambio en el método de composición, dejando a un lado la imaginación como "suprema virtud literaria" para dar paso a la primacía de la observación (*Mapa:* 249-250).

Al volver sobre el género de la crónica en "Los playeros de Salvador", Rodríguez Juliá la describe como "una especie de novela en zapatillas, o novela chancletera" (*Mapa:* 173-174). Así, por ejemplo, al establecer una tensión entre lo panorámico y lo personal en "Para llegar a la Isla Verde", crea el dramatismo de la crónica inspirada (*Mapa:* 174). Se erige en lo que Rodríguez Juliá denomina como una "forma superior de la crónica en que ésta alcanza la perfección formal y la pureza dramática del cuento" (*Mapa:* 174). Ése resulta también ser el caso con "El cruce de la Bahía de Guánica", texto fronterizo entre la ficción y la no ficción. Y podría argüirse que en las últimas crónicas que forman parte de este periodo, las de la colección *El cruce de la Bahía de Guánica,* nos vamos aproximando a la narrativa tradicional. En "Cómo escribí *Puertorriqueños*", Rodríguez Juliá explica que esa crónica tiene como fuente la Historia, es decir, la memoria colectiva, pero se basa asimismo en la memoria particular. Versa "sobre el temperamento colectivo y esa singular inserción –siempre oblicua– de mi biografía en dicho temperamento" (*Mapa:* 17). En las crónicas de *El cruce de la Bahía de Guánica* el movimiento ha sido un alejarse de la Historia y un aproximarse a la intrahistoria con mayor énfasis en la personalidad del cronista. De esta manera, el cronista que se erige en presencia física constante, en eje central del texto, en "*yo* fuerte" (*Mapa:* 173) que caracteriza la crónica como variante del ensayo personal, se acentúa en textos como "Para llegar a la Isla Verde" o "El cruce de la Bahía de Guánica".

Por todo lo dicho –un movimiento hacia la narrativa tradicional; un desplazamiento de lo colectivo a lo personal por medio de un yo fuerte protagónico; la exploración de la cotidianidad, la interioridad– las últimas crónicas del Puerto Rico contemporáneo nos sitúan en el umbral del tercer momento de la obra de Rodríguez Juliá, la *época playera.* A partir de *El cruce de la Bahía de Guánica* la presencia de la playa, la natación y el *lifestyle* del litoral de Isla Verde –y otras playas caribeñas– se convierten en constantes. Pensando en la distinción que hace Rodríguez Juliá en "A mitad de camino", si hasta ese momento el énfasis había recaído con mayor preponderancia en la tarea de erradicar los demonios colectivos, en este último periodo el enfoque será más bien conciliarse con los demonios personales. Éstos giran en torno a la crisis de la medianía.

Rodríguez Juliá describe esta tercera época del siguiente modo en "Mapa de una pasión literaria":

> Hacia mediados de los ochenta empecé a escribir una trilogía de tema erótico, o quizás sentimental, en fin, como ocurre en estos casos, sería el intento por evidenciar cómo mi generación ha establecido en la nostalgia y la ensoñación erótica, frente a la emigración y las adicciones, el divoricio y el sida, un arraigo azaroso hacia la medianía de edad, ahora que nuestros afanes utópicos como hijos del socialismo libertario, Woodstock y la Revolución cubana yacen destartalados. Es una escritura postutópica, liberadora de nuestra modernidad con sus inquietudes y ansiedades, el antimanual de la educación sentimental en todo caso, una justificación de esos grandes y pequeños tropiezos que encontramos en el tránsito de la juventud a la madurez (*Mapa:* 87).

Las obras que conforman esta trilogía, como afirma Rodríguez Juliá en "Las voces de la tribu", son *Cámara secreta* (1994), *Cartagena* (1997) y *Cortejos fúnebres* (1997), aunque *Sol de medianoche* (1995, 1999), su novela detectivesca, se integra plenamente dentro del escenario de la *época playera* y debe considerarse como el reverso oscuro de la "ensoñación erótica" de las otras tres obras. La secuela de *Sol de medianoche, Mujer con sombrero panamá* (2004), en la que el detective privado, Manolo, ahora convertido en *facilitador,* se ha mudado del litoral Isla Verde a Río Piedras, podría considerarse como el texto que cierra la *época playera.* La proyectada trilogía se convirtió en pentalogía, con *Mujer con sombrero panamá* como texto bisagra –al igual que *El cruce de la Bahía de Guánica* con respecto a las crónicas– que cierra la *época playera* o crisis de la medianía y da continuación a un cuarto periodo iniciado con *Caribeños* (2002) y *San Juan, ciudad soñada* (2005), que se ocupa del Caribe y de la ciudad, y cómo no, de la ciudad caribeña. Además las crónicas periodísticas de Rodrígez Juliá han sido recogidas en dos tomos, las de tema literario en *Mapa de una pasión literaria* (2003) y las restantes –sobre pintura, música, fotografía, historia, política, etc.– en *Musarañas de domingo* (2004).

LA RENUNCIA DEL HÉROE BALTASAR

La renuncia del héroe Baltasar (1974) es una novela "histórica", aunque no en el sentido convencional o clásico de una ficción imaginada en torno a acontecimientos reales. La acción de *La renuncia del héroe Baltasar* se sitúa en la Isla durante la segunda mitad del siglo XVIII y gira en torno a una revuelta de esclavos que por extensa y generalizada resulta análoga al levantamiento que culminó en la independencia de Haití en 1804.[1]

1. Al iniciarse el levantamiento de esclavos en 1791 el Sainte Domingue francés es la colonia azucarera y cafetalera más rica de América, vasta plantación que depende de la mano de obra esclava. Los esclavos llegan a representar en 1791 86.9% de la población de la colonia, mientras que la población blanca representa sólo 7.6% (Knight: 367). La novela de Rodríguez Juliá calca esta desproporción. En 1753, fecha en que se celebra el matrimonio de Josefina Prats con Baltasar Montañez, éste afirma que "El total de negros en la ciudad excede a la población blanca en proporción de siete a uno" (67). [Los folios de las citas de *La renuncia del héroe Baltasar* corresponden a esta edición.] Según el censo de la población de Puerto Rico efectuada por Alejandro O'Reilly en

No hay, sin embargo, constancia en la documentación histórica de Puerto Rico de ninguna rebelión de esclavos que haya resultado exitosa.[2] La mayoría no pasó de conjuras. Desde esta perspectiva la historicidad de la obra, como bien ha visto José Luis González, radica en expresar el temor que suscitó a principios del siglo XIX en los círculos gobernantes la posibilidad de un "contagio haitiano" entre los negros y mulatos de la Isla (51).[3]

Habría que preguntarse, entonces, qué se persigue con ese proyecto de reescritura de la historia en *La renuncia del héroe Baltasar.* Rodríguez Juliá, en una entrevista que le hiciera Julio Ortega, afirma: "yo lo que escribo son pesadillas de la historia" y añade que "las pesadillas y los sueños son significativos para entender el mundo de la vigilia". En otras palabras, son significativos "para entender el mundo histórico" (131-132). Lo que se intenta, como ya anticipamos, es la elaboración de un pasado

1765, de una población total de 44 883 personas, 39 846 eran libres y 5 037 eran esclavas (Díaz Soler: 90). Habría que señalar que al igual que los amos en Haití armaron a los esclavos y luego ya no pudieron controlar la explosión revolucionaria, en la novela de Rodríguez Juliá el Obispo Larra, luego de encumbrarlo, pierde la habilidad de controlar a Baltasar Montañez. Además de la independencia política de Haití, la Revolución haitiana resulta en la abolición de la esclavitud y en la destrucción del sistema de plantación. **2.** Nos dice Guillermo A. Baralt, en su indispensable estudio *Esclavos rebeldes,* que entre 1795 y 1873 –fecha esta última de la abolición de la esclavitud en Puerto Rico– "El número de conspiraciones conocidas para apoderarse de los pueblos y de la isla, más los incidentes para asesinar a los blancos, y particularmente a los mayordomos, sobrepasa los cuarenta intentos". A punto seguido añade que "si tomamos en cuenta la secretividad y el clandestinaje de estos movimientos, el número resultaría, indiscutiblemente, muy superior" (11). No obstante, todas estas conspiraciones y sublevaciones fracasan. **3.** Siguiendo el ejemplo de la Revolución haitiana, los esclavos se rebelan en Guadalupe (1794), Santa Lucía (1794), Cuba (1795) y Venezuela (1795). En Puerto Rico el levantamiento de los esclavos del partido de Aguadilla el 15 de octubre de 1795 ocurre, según las autoridades coloniales, bajo la influencia de la Revolución haitiana. Existe un fundado temor, entonces, de que se repita en la Isla la destrucción desenfrenada de vida y propiedad que arrasa con Sainte Domingue.

ficticio que ayude a explicar el presente, específicamente, el porqué de la continuación de la situación colonial de Puerto Rico: "En última instancia, toda nuestra literatura lo que hace es justamente eso, explicar por qué Puerto Rico hoy por hoy es aún una colonia. ¿Por qué este país nunca ha sido libre, nunca ha tenido un movimiento independentista significativo?"(132). Al bucear en las "pesadillas de la historia" el escritor intenta explicar el particular carácter nacional de Puerto Rico dentro del contexto latinoamericano. La obsesión por la identidad nacional, por explicar lo que es Puerto Rico, se constituye en una tradición literaria que comienza con la primera narración criollista, *El gíbaro* (1849), de Manuel Alonso, y es asumida en el siglo XX con vigor ininterrumpido por las generaciones del 30, del 50 (del 40) y del 70.

El texto de la novela hace hincapié en que Baltasar Montañez "no alteró la historia o precipitó profundos cambios en ella"(47). Su importancia radica en que "tiene mucho que decir, desde la lejanía de los siglos, sobre nuestra condición humana"(47).[4] Esa no-

4. De hecho, el texto nos dice que Baltasar Montañez, que tanta importancia tiene para entender el presente, no pertenece a la Historia, sino a la intrahistoria, al mito y la leyenda. No es de extrañar, entonces, que a pesar de que la historia de Baltasar Montañez aparece primero en la *Historia de Puerto Rico* de Salvador Brau y luego es recogida y transformada en leyenda por Cayetano Coll y Toste, con su mezcla de lo fabuloso con lo veraz, sea esta última versión la favorecida por *La renuncia del héroe Baltasar.* Brau informa que la Capilla del Santo Cristo de la Salud fue erigida como consecuencia del desbocamiento y muerte del jinete Baltasar Montañez en unas carreras en la cuesta del convento en 1753 (255). La leyenda de Coll y Toste, "El Santo Cristo de la Salud (1766)", cuenta el milagro de la salvación de Baltasar Montañez. Durante las fiestas de San Pedro y San Pablo, Baltasar Montañez participa en una competencia hípica. Cuando llega al final del circuito al borde de la muralla, su caballo, desbocado, da un gran salto y cae al precipicio. El Secretario de Estado, General don Tomás Mateo Prats, al verlo precipitarse, pide un milagro al Cristo de la Salud. El caballo se hace pedazos pero Baltasar sale ileso. Prats entonces hace construir la capilla en aquel lugar. *La renuncia del héroe Baltasar* aprovecha esta leyenda empleándola para justificar cómo Baltasar, "negrito milagroso", se convierte en el elegido de Dios. Sobre esta mentira descansa el falso

ción de "naturaleza humana" que la historia nos lleva a concebir es idéntica a tener "una imagen de nosotros mismos"(48). En "A mitad de camino" Rodríguez Juliá afirma que esto último, "una imagen de nosotros mismos", es precisamente lo mínimo que se puede tener en "esta colonia abyecta". En esa misma ponencia Rodríguez Juliá caracteriza del siguiente modo el empeño de su labor literaria: "Con lo que escribo no pretendo adelantar la independencia de Puerto Rico. Sólo quiero entender, entender ¿por qué?, ¿cómo somos?, ¿por qué somos como somos?, ¿por qué estamos como estamos?" (139).

Una de las "pesadillas de la historia" concierne a las relaciones entre las razas, con el énfasis puesto en las relaciones sexuales. Afirma Rodríguez Juliá que "ese problema de Josefina y Baltasar, ese problema del mulato con la blanca, está vigente hoy en Puerto Rico, esa tensión, esa inquietud racial y también sexual entre el mulato y la blanca, entre el blanco y la mulata, es también hoy significativa en nuestro país y ha sido históricamente significativa" (Ortega: 131). Veamos cómo en *La renuncia del héroe Baltasar* esa problemática se refleja en la relación entre Josefina Prats y Baltasar Montañez.

Doris Sommer abre su estudio sobre la novela patriótica en Latinoamérica, *Foundational Fictions*, con una explicación de por qué los narradores del *boom* rechazan de modo vehemente la influencia de la novela tradicional en la "nueva novela" continental. Para Sommer tanta ansiedad sugiere que algún rasgo de esas novelas, algún hábito narrativo liga a los novelistas del *boom* a una tradición que intentan reprimir. Sugiere Sommer que el repudio se debe a la función organizadora de la "retórica erótica" en la novela patriótica (2). La novela patriótica representa el proyecto histórico de integración y desarrollo nacional entrelazado

edificio del matrimonio de Josefina y Baltasar, maquiavélica farsa ideada por el Obispo Larra. La designación de Baltasar como "héroe" resulta irónica. En todo caso sería un "antihéroe".

con el deseo heterosexual productivo. Esta tradición positivista de hilvanar deseo y patria vuelve a inscribirse en el *boom*, recordatorio frustrante de la falta de correspondencia entre las presuposiciones desarrollistas y la historia de Latinoamérica (2).

La circularidad de ciertas novelas del *boom* como *Cien años de soledad* y *La muerte de Artemio Cruz* encubre la estructura lineal de la novela tradicional y representa el fracaso del proyecto de desarrollo nacional concebido de modo positivista, o sea, como progreso lineal ininterrumpido. Esta estructura circular queda trabada con el deseo heterosexual productivo como alegoría para una integración nacional, es decir, como medio de saldar conflictos de clase, de raza y de afiliación política, que se frustra en estas novelas. En este sentido, entonces, las susodichas dos obras resultan representativas de la tendencia en las novelas del *boom* a reescribir o desescribir las ficciones fundacionales como fracaso de la erótica política de unir realmente a los padres de la nación (27-28).

Desde esta perspectiva *La muerte de Artemio Cruz*, por ejemplo, transforma las relaciones amorosas fundacionales en violaciones (Regina) o en el tráfico de mujeres basado en el poder (Catalina). En lugar de amantes que salvan los más imponentes obstáculos para legitimar su pasión, el idilio resulta ser la gran mentira fundacional sobre la que sólo pueden descansar más mentiras (28-29).

Las "ficciones fundacionales" que describe Sommer pertenecen al género designado en inglés como *romance*, o para ser más precisos, a un cruce entre el tipo de ficción designado contemporáneamente con ese término, la novela rosa y el uso decimonónico de la palabra para designar un género marcadamente más alegórico que la novela. Los ejemplos clásicos del género en Latinoamérica –José Mármol, *Amalia* (1851); Gertrudis Gómez de Avellaneda, *Sab* (1841); Jorge Isaacs, *María* (1867); Rómulo Gallegos, *Doña Bárbara* (1929), por mencionar sólo algunos–

invariablemente narran la historia de amantes malhadados que representan regiones, razas, partidos políticos o intereses económicos particulares (5). El matrimonio se convierte en una figura para representar la resolución pacífica de los conflictos internos de mediados del siglo XIX (6). Novela y nación nacen casi al mismo tiempo y se dan a luz mutuamente, siempre y cuando se considere la consolidación y no la emancipación como el verdadero momento del nacimiento (12).

Al suponer cierto tipo de traductibilidad entre deseo romántico y deseo republicano, escritores y lectores del canon de novelas nacionales conciben una relación alegórica entre peripecia personal y acontecer político. Hay que tener en cuenta que por alegoría Sommer entiende algo más que la representación consistente de un discurso por otro que invita a una doble lectura de los dos eventos narrativos. Considera Sommer que la alegoría es una estructura en la cual una línea narrativa es el trazo de la otra, es decir, que en lugar de una relación paralela entre la política y la erótica, éstas se van encadenando y contribuyen a una mutua escritura (41-43).

La renuncia del héroe Baltasar muy bien podría caracterizarse como una reescritura o desescritura de la novela patriótica decimonónica al modo de los escritores del *boom*. En lugar de relaciones amorosas fundacionales, el propuesto idilio resulta ser una gran mentira sobre la que sólo pueden descansar más mentiras. Baltasar contrae matrimonio con Doña Josefina Prats, la hija del Secretario de Gobierno, el General Mateo Prats. Con esta unión el Obispo Larra pretende atajar otro levantamiento de esclavos como el que había desatado años antes el padre de Baltasar, Ramón Montañez. Con este matrimonio el Obispo Larra se propone despertar entre los esclavos la ilusión de igualdad con los amos blancos y adormecer la conciencia de su esclavitud, negando así la necesidad de una revolución al confundir los esclavos la libertad con su apariencia. Esta farsa elaborada por el

Obispo Larra permitirá la continuación de la política colonial y esclavista, preservando la hegemonía del blanco sobre el negro, del cristiano sobre el hereje. En otras palabras, en lugar de saldar las diferencias mediante la unión, este matrimonio es una farsa que mantiene la desunión antifundacional, antiintegrativa.

Aunque se presta para lo que se llega a conocer como el "arrastre" de la niña Josefina, la humillante participación de ésta en la celebración negra del casorio, Baltasar, por razones que discutiremos más adelante, no tiene nunca intención de consumar el matrimonio. Cuando la Inquisición manda encarcelar a Baltasar por herejía, se desata la tan temida rebelión de esclavos. Luego de seis meses de sangriento levantamiento el Obispo Larra logra que pongan en libertad a Baltasar pero éste se niega a participar de nuevo en la farsa, y al final de la novela la rebelión sigue sin amainar. En definitiva, el matrimonio sobre el que debería descansar la armonía de la Isla resulta en todo sentido infructuoso. No se produce esa descendencia que representa el compacto social que anticipa el lector versado en la novela patriótica. Por el contrario, la unión se erige en la gran mentira que en lugar de saldar los conflictos prolonga una situación de desigualdad política, social, racial y cultural. Sólo sirve para perpetuar una sociedad profundamente escindida. En esta "pesadilla de la historia" el rechazo de la farsa maquiavélica se convierte en vía hacia el desmantelamiento de las instituciones coloniales y hacia una subsecuente fundación nacional que implicaría una dinámica racial y un destino político muy distintos a los que ocupan a Puerto Rico hoy día.

Una manera tangencial de mirar esta desunión entre Josefina y Baltasar es como un ataque no muy velado al concepto demagógico de *gran familia puertorriqueña:* la noción de que todos los puertorriqueños, sin importar raza o clase, están unidos por estrechos lazos para formar una abarcadora parentela. Claro está, por el bienestar de ese pueblo-familia vela el caudillo-padre. Esta metáfora tuvo una larga vigencia en la política de la Isla. Al morir

Luis Muñoz Marín,[5] se inicia también la agonía de esa noción. Aquí, como en otros momentos de la obra de Rodríguez Juliá —pienso sobre todo en *El entierro de Cortijo* y lo afropuertorriqueño—, se niega la idea de *gran familia,* la cual cede el terreno a la noción de *tribus.*

Ahora bien, afirma Rodríguez Juliá que el XVIII "es el siglo de la fundación de la nacionalidad puertorriqueña" (Ortega: 129). Esa fundación coincide con la "creación del mulato" en el siglo XVIII (Ortega: 130). Para Rodríguez Juliá, una figura histórica que encarna a la vez que representa en sus lienzos los albores de esa nacionalidad es el primer pintor puertorriqueño José Campeche. En *Campeche o los diablejos de la melancolía,* lectura de los cuadros de Campeche en busca de los orígenes del "sentir criollo", de los principios del "mundo ciudadano", el último lienzo que Rodríguez Juliá analiza es la "Copia del Autorretrato de Campeche" de Ramón Atiles. La mirada de "tristeza profunda" de Campeche en ese cuadro, mirada que representa un "sufrimiento prolongado", refleja la melancolía del título. Para Rodríguez Juliá dicha melancolía surge en los cuadros de Campeche cada vez que la realidad social resulta muy distante de su proyecto, cuando la incongruencia entre la topía y la utopía se hace aparente. La puertorriqueñidad, la identidad criolla incipiente que aflora a fines del siglo XVIII, es naturalmente el resultado de una serie de proyectos en las esferas del quehacer político, militar, económico, etc. Dicha actividad, tanto colectiva como individual, persigue ciertas metas ideales. En el

5. Hijo del prócer Luis Muñoz Rivera, Luis Muñoz Marín (1898-1980) vive su juventud en Estados Unidos donde su padre fue comisionado residente entre 1910 y 1916. Funda el Partido Popular Democrático en 1938. El PPD alcanza un sorprendente triunfo en las elecciones de 1940 y Muñoz promueve legislación en favor de la justicia social, la implantación de una reforma agraria y la promoción de nuevas industrias. Muñoz Marín se convierte en el primer gobernador electo de Puerto Rico en 1948 y es electo gobernador tres veces más (1952, 1956, 1960). Fue el arquitecto de un nuevo estatus para Puerto Rico, el Estado Libre Asociado, que se proclamó el 25 de julio de 1952.

caso personal de Campeche, según la lectura atenta de los cuadros que desarrolla Rodríguez Juliá, ese ideal sería su propia integración, y por extensión la integración de la élite mulata que él representa, dentro de la sociedad colonial de la época a un nivel conmensurable con sus contribuciones y logros, medidos éstos de acuerdo con los valores de esa sociedad. Sin embargo, en una sociedad esclavista y racista la promoción de individuos depende del color de su piel. No es de extrañar que una jerarquía social basada en la pigmentación de la piel pase por alto los méritos de los ciudadanos de color como Campeche y los de la élite mulata en general. Desde esa perspectiva podemos comprender mejor la figura del arquitecto mulato de *La renuncia,* Juan Espinosa, bajo cuya influencia se inicia la "degeneración" de Baltasar Montañez. Bajo la tutela de Juan Espinosa comienza el periodo de "enajenación" de Baltasar. Durante este periodo Baltasar concibe el "Jardín de los Infortunios" y opta por el rechazo de la política del Obispo Larra. El resentimiento de ambos personajes es producto de la hipocresía de una sociedad que los utiliza para sus propios fines racistas y en el fondo, por supuesto, los rechaza –quizás en términos de ese rechazo social resida un posible simbolismo de la lepra de Juan Espinosa, enfermedad que ha contraído también Baltasar Montañez cuando hace su aparición cameo en *La noche oscura del Niño Avilés.* Naturalmente, la psicología de Baltasar Montañez gira en torno al resentimiento, forma del disimulo descrita por Rodríguez Juliá como "esa paciente ocultación del odio necesario para sobrevivir cualquier hegemonía" (Ortega: 157).

Explica Rubén González que tanto en *La renuncia del héroe Baltasar* como en *La noche oscura del Niño Avilés* las "concepciones utópicas, en su diálogo con la historicidad puertorriqueña, asumen un carácter contrario; se instauran más bien como antiutopías" (84). Estas novelas no presentan un proyecto utópico tradicional, sino su reverso: "Los hechos determinantes se manifiestan de manera contraria a la imaginación utópica tradicional:

la concreción de los sueños resulta pesadillesca; la esperanza desemboca en el pesimismo y las grandes visiones en el fracaso" (84). Afirma González que las instancias culminantes de este proceso de subversión se hallan ya en *La renuncia del héroe Baltasar.*

Como bien señala González, Baltasar, "un nuevo tipo de profeta", traiciona las expectativas de libertad de su gente y en lugar de aliviar la esclavitud busca suprimir la vida, convirtiéndose así en un "agente contrautópico" (89). En última instancia Baltasar Montañez busca instaurar una "utopía del rencor".

El negativismo que permea el carácter de Baltasar es producto de sus experiencias personales, de las humillaciones sufridas a manos de colonos y esclavos. A Baltasar lo motiva sobre todo el recuerdo de la ejecución de su padre:

> Yo muy servidor, odio a mi pueblo. Y ello como secuela del intenso amor que sentí por mi padre. Allí cuando mi padre fue matado, estuve presente en el escarmiento. Fue cuando mi padre quedó hecho un destrozo sobre las peñas del batiente, sus humores todos hicieron desparramo sobre el roquedal, mientras que la negrada permanecía allí, oscura, impasible, silenciosa, sin decir palabra de protesta. Fue entonces que grité, y corrí hacia los restos de mi padre. Pero los muy fuertes soldados me sujetaron. Y mi ánimo lloraba tanto como el de mi madre. Fue en aquel día y suceso que decidí hundirle el rostro en el barro a mi odiada gente... (62)

Baltasar actúa incitado por el resentimiento, por el deseo de vengar la humillación propia y la de su padre. La farsa matrimonial concebida por el Obispo Larra permite a Baltasar canalizar esta hostilidad tanto hacia los esclavos como hacia los colonos. Es por medio de su relación erótica con Josefina Prats que Baltasar comienza a deshacer la humillación del pasado.[6]

6. Las ideas expuestas aquí sobre la transformación de los traumas de la infan-

Con el "arrastre" de Josefina, Baltasar venga las violaciones de las esclavas por los amos. Con este acto Baltasar se propone "manchar el traje de la niña blanca, plantar su semen en la víscera donde comienza y termina la honra hispánica" (82). Ahora bien, Baltasar no consuma el acto sexual con Josefina. Como explica en su diario: "En mí aúlla el deseo de toda una raza; pero he aquí que no es un deseo de placer, sino de humillación. Y es por ello que temo al treparla una muy glácida mirada de odio que me haga notar la debilidad de mi intento..." (83). El único modo de lograr la humillación de Josefina es que ella se preste de buen grado a participar en el melodrama erótico de su rebajamiento. Para que Josefina asuma el papel que le tiene deparado en el guión de su fantasía, Baltasar se vale de ciertas estratagemas. Coloca "mirillas" y "oidores" que permitan a Josefina ver y escuchar las orgías que Baltasar celebra en su aposento. Cediendo a la tentación, Josefina querrá unirse a las sesiones lujuriosas, pero sólo podrá hacerlo a través de la mirada y del placer masturbatorio y solitario. De este modo Baltasar logrará humillar a Josefina, doblegarla a su voluntad.

De manera que en *La renuncia del héroe Baltasar* el erotismo depende de una dinámica de la hostilidad: la degradación del cuerpo negro por el cuerpo blanco es transformada en triunfo mediante la subsecuente humillación de éste por aquél. Se trata de la escenificación de una fantasía de venganza que sirve para convertir el trauma de la infancia en el triunfo del adulto. A través de este acto de hostilidad Baltasar degrada a Josefina y así alcanza la satisfacción sexual. Un elemento importante en esta di-

cia en las fantasías de triunfo en adultez son de Robert J. Stoller. Aunque Stoller ha venido desarrollando este concepto del erotismo en toda su obra, los siguientes títulos resultan particularmente útiles: *Perversion: The Erotic Form of Hatred* (1975), *Sexual Excitement: Dynamics of Erotic Life* (1979), *Observing the Erotic Imagination* (1985), en especial el capítulo titulado "Perversion and the Desire to Harm", y *Pain and Passion* (1991).

námica, como hemos visto, es la necesidad de evitar la intimidad. En el fondo, la intimidad –interpersonal y no sólo genital– representa una amenaza a la identidad misma de Baltasar, pues el dolor y la frustración de la infancia continúan sin resolverse y la posibilidad de revivir el trauma, la humillación, el fracaso, en la mirada despectiva de Josefina, sigue presente. Baltasar se aísla y en el proceso se deshumaniza a la vez que deshumaniza a Josefina, concentrándose en el acto erótico y no en ella, evitando así el riesgo de la intimidad. El potencial desprecio de Josefina representa una grave amenaza a la identidad que Baltasar se ha ido inventando para sí mismo y que lo distancia de su niñez –su "blanqueamiento".

Los dibujos de Juan Espinosa muestran cómo las orgías de Baltasar afectan a todos en palacio. No obstante, en la descripción del último dibujo desaparece Josefina. Esa ausencia marca un cambio en Baltasar. Comienza su decadencia. Sin Josefina o más bien, sin lo que ella representa, ya Baltasar no puede escenificar su fantasía de triunfo, apaciguar el resentimiento del trauma infantil. Baltasar se dedica a la construcción del Jardín de los Infortunios –el cual aparece en el último cuadro– y acaba desencadenando un resentimiento cada vez más nihilista.

Baltasar celebraba sus orgías con el único propósito de seducir a Josefina. Como a Don Juan, las mujeres fáciles no le interesan –de ahí que hacia el final de la obra el Obispo Larra no logre seducirlo con doncellas apalabradas de antemano. Su interés es subyugar a "la más bella flor de la sociedad insular" (82). Al ya no poder aplacar el rencor, al ya no poder canalizar la hostilidad por medio de fantasías que transforman trauma en triunfo, Baltasar permite que en su lugar la revuelta de esclavos reproduzca en grande la sangrienta escena del asesinato de su padre. Los esclavos rebeldes se ensañan con las partes pudendas de los colonos, lo cual indica, como ya vimos, que en la farsa del matrimonio entre Baltasar y Josefina aquéllos hallaban también la escenificación de su fantasía, la salida a su deseo de humillar. La siguiente cita, tomada de una carta en la que Baltasar explica su visión de destrucción universal al Obispo, es indicativa de que la utopía del rencor ha llegado a ocupar el sitio de la hostilidad erótica: "[...] y sentía, bajo mis muy felices piernas, que el gran edificio de la pirámide cedía, y se acercaba al vacío, y un placer que subía desde mis partes pudendas invadía toda mi existencia en dulce arrobo" (112).

Mientras Josefina Prats ocupa la atención de Baltasar éste tiene modo de canalizar su resentimiento. Toma su venganza y encuentra satisfacción para su trauma infantil en la humillación de la niña Josefina. Pero la desaparición de ésta –ausencia que no recibe explicación en el texto– marca la transformación de Baltasar, el comienzo de sus progresivas renuncias, su avance por el camino del nihilismo. La escenificación en grande de la humillación por medio de la rebelión de esclavos difiere no sólo cuantitativamente sino cualitativamente de la escena en los aposentos del palacio. Ya no se trata de la escenificación de un melodrama erótico a nivel individual (fantasía) sino de permitir violación y matanza a nivel social (realidad). La desaparición de Josefina Prats resulta consecuente con el cambio en Baltasar. La presencia de aquélla hubiera supuesto una continuada participación de Baltasar en la farsa del Obispo Larra, pues mediante la humillación de la niña Josefina quedaban satisfechas las necesidades psíquicas de Baltasar, como asimismo las de los esclavos. En su lugar se instituye la "utopía del rencor".

Otra de las "pesadillas de la historia" de esta primera novela de Rodríguez Juliá concierne a una de las renuncias del protagonista, su renuncia a la compasión. Este rechazo de la compasión, este dimitir a su humanidad, lo erige en una especie de anti-Muñoz Marín. En *Las triublaciones de Jonás,* casi al principio del apartado titulado "El entierro", el cronista nos ofrece el retrato de una plañidera que se aferra al coche fúnebre y evoca a gritos a "Papá Muñoz": "¡Tú nos dites de comer, tú nos sacates las niguas!" (64). El cronista no sabe lo que es una "nigua": "Justo en el desconocimiento de aquella palabra se cifraba la distancia entre mi insuficiencia y la humanidad plena de aquella mujer" (64). Y es precisamente salvando esa distancia y metiéndose dentro de la piel de la "gente humilde" que el cronista intenta comprender el misterio central de la modernidad puertorriqueña. Más adelante, al observar a otra de estas mujeres humildes, nos dice: "En esta doña frente a mí venida de la altura se cifra todo su misterio; quisiera mirarla detenidamente, observar cada rasgo y gesto de su humanidad; sólo así podré comprender aquella mutación del esfuerzo libertador en compasión" (76). Ésa es la incógnita principal que el cronista quisiera resolver observando los rostros de la muchedumbre reunida frente al Capitolio: ¿Qué vio Muñoz Marín en la faz de esa gente humilde que lo llevó a renegar de la independencia de Puerto Rico? En esa renuncia, afirma el cronista, "reside un misterio" porque "Muñoz no sólo encarnaba sus propios fracasos, sino también los de todo un pueblo":

> Su renuncia a la independencia para lograr la libertad sobre el hambre no suponía disyuntivas fáciles ni reclamos simplones. En el fondo de este hombre había una tragedia, y ésta era también la de su pueblo. Miedo a la libertad, dirán algunos, pragmatismo desbocado, dirán otros; prefiero reconocer que fue este hombre quien únicamente pudo haber logrado la independencia de Puerto Rico en la primera mitad de este siglo. ¿Por qué no lo hizo? La respuesta no es fácil; es tan compleja como la soberbia que animaba su compasión o el misterio de su pueblo (58).

Esa soberbia que autoriza a Muñoz Marín a decidirse por la compasión, a optar por sacar al país de la pobreza en lugar de abrazar el ideal político de la independencia, esa misma soberbia aflora en Baltasar Montañez, con función inversa claro está, cuando se decide a renunciar a la compasión y permitir que continúe la destrucción de vida y propiedad que avanza su visión nihilista. Aquí Baltasar funciona, en las palabras de Rubén González, como un "agente contrautópico".

Baltasar ha renunciado a su humanidad y permanece impasible mientras se destruye y se mata en su nombre. No obstante, como recurso desesperado, el Obispo Larra trata de despertar en Baltasar alguna "humana pasión" con los "placeres anejos a todo poder": sexo y sustento.

Se organizan dos visitas a su celda de San Felipe del Morro, "Una consistía en llevar ante su presencia seis bellísimas doncellas desnudas; la otra puede ser resumida como la presentación de los más exquisitos manjares de la mesa obispal" (117). La presencia de las doncellas no conmueve a Baltasar. Sigue la presentación de "las más preciadas delicias del campo y la mar" (119). Después de una prolija descripción del espléndido banquete el cronista nos dice: "La prueba de la dulzura de tan exquisitos manjares de mesa es que aquel solitario estuvo ahora en buena disposición de hablar con el Obispo Larra, y al tiempo probar los ricos entremeses y platos" (121).

El cronista espera, con mucha razón, que Baltasar se niegue a participar del banquete. Se había mostrado indiferente ante los atractivos físicos de las seis doncellas; realmente parecía estar más allá de los "placeres anejos a todo poder". En el plano ideológico Baltasar ya se había negado a participar en la farsa confeccionada por el Obispo Larra. Irónicamente, de continuar el levantamiento, y dada la fecha de la rebelión –1768– Puerto Rico se hubiera convertido dentro del mundo de la ficción en el primer estado independiente en las Américas ¿Cómo explicar ahora el comportamiento de Baltasar? Hay que recordar, como bien explica Maude Ellman en *The Hunger Artists*, que un modo de interpretar el ayuno carcelario es en términos del rechazo de los valores y de la ideología de la clase o grupo dominante, mientras que, por el contrario, el consumir los alimentos que ofrece una clase o grupo representa el asumir también sus valores.

El Obispo Larra representa la componenda de la piadosa mentira y Baltasar la intransigencia de la verdad absoluta, y sin embargo, hacia las postrimerías de la novela el protagonista comparte con el clérigo las delicias de la mesa. Aunque Baltasar no cambia de parecer, en ese momento de comunión gastronómica Baltasar parece encarnar la quintaescencia de la política colonial en la Isla. Esaú en potencia, al compartir la mesa con el Obispo Larra, Baltasar parece dispuesto a aceptar la continuación de la política colonial, de cambiar su patrimonio por un plato de lentejas. Esta lectura representaría a Baltasar Montañez como una figura "esquizofrénica", en el sentido de que durante gran parte de la obra se ha ido erigiendo, como dijimos, en una especie de anti-Muñoz Marín, para entonces al final transformarse de buenas a primeras en un calco de Muñoz, quien supo proveer una "mesa abundante y alegre" para su pueblo a cambio de la independencia política. Es como si la "pesadilla" de la historia tuviera su propia pesadilla, para ofrecernos al final la vigilia, la realidad histórica. Pero, en todo caso, sería sólo un momentáneo titubeo, al final Baltasar sigue firme en su postura nihilista.

Hablemos brevemente sobre la novela como artificio lingüístico que persigue la verosimilitud. Rodríguez Juliá afirma que una preocupación fundamental de su obra ha sido siempre "el lenguaje, la textura, el tejido mismo". Y añade que al meterse en el siglo XVIII lo hace a través de una "falsificación de esa escritura específica del siglo XVIII". Rodríguez Juliá señala que además de imitación, el lenguaje de sus novelas históricas tiene mucho de creación, de imaginado o adivinado (Ortega: 127). Al estudiar *La renuncia del héroe Baltasar*, Estelle Irizarry ha visto claro que en gran medida "la eficacia de la novela depende de la habilidad imitativa del autor en convencernos de la supuesta autenticidad de sus fuentes" (57). Su estudio comparativo de la novela con documentos del siglo XVIII confirma que mediante la incorporación de características léxicas, sintácticas y morfológicas del siglo XVIII

Rodríguez Juliá logra una falsificación o parodia convincente de las crónicas dieciochescas.

La impresión de versosimilitud alcanzada con esa falsificación lingüística es reforzada por el armazón de *La renuncia del héroe Baltasar*, la cual parodia el estilo pomposo de cierto tipo de charla académica. La serie de tres conferencias dictadas por el historiógrafo Alejandro Cadalso, quien en el proceso de refutar documentos falaces y de rectificar sus propias afirmaciones anteriores sobre el papel histórico de Baltasar Montañez, cita toda una serie de textos, incluyendo crónicas, cartas y diarios, resulta un recurso literario efectivo, un modo de forzar al lector a suspender la incredulidad. No obstante, la tarea que asume Cadalso de revisar sus conclusiones termina socavando la autoridad del conferenciante y la de la historiografía misma como fuente de conocimiento. En cierto modo, al incluir las reflexiones filosóficas y poéticas de Alejandro Juliá Marín como fuente alterna de conocimiento, el historiógrafo también está poniendo en entredicho su propia disciplina al suplementar una aproximación estrictamente racional al acontecer humano con otra irracional.

Antes de cerrar quisiera resumir algunas de las ideas principales de "Archivos encontrados: Edgardo Rodríguez Juliá o los diablejos de la historiografía criolla" de César A. Salgado. En este excelente artículo Salgado arguye que la verdadera acción en las novelas "históricas" de Rodríguez Juliá "está en la ordenación que se hace de unos documentos 'encontrados' en el intento de autentificar estas fuentes para darles entrada en el espacio de lo factual" (161). Se trata, entonces, no sólo de la creación de un siglo XVIII alterno, sino de la elaboración de un archivo que legitime esa historia. Para Salgado, entonces, *La renuncia del héroe Baltasar* parodia, en la figura de Alejandro Cadalso, la labor de los principales intelectuales de la generación del 30 reunidos en torno al Ateneo Puertorriqueño –nótese el subtítulo de la novela–

de rescatar, custodiar y reproducir documentos a partir de los cuales poder articular una "historia autóctona", escrita desde la perspectiva no de la metrópoli, sino de un sector de la élite puertorriqueña.[7] En vista de la dispersión de los textos no es de extrañar, nos dice Salgado, que el gesto característico de la historiografía criolla puertorriqueña ante el documento histórico sea "el éureka (lo encontré)" (165), repetido hasta la saciedad en las conferencias de Alejandro Cadalso. Éstas asumen el formato historiográfico que se remonta a Alejandro Tapia y los orígenes del Ateneo: "la celebración de la persona y obra del prócer criollo en su natalicio a través de la conferencia erudita orientada al gusto popular" (167). Nos dice Salgado que estas charlas "eran luego publicadas en revistas y libros, en donde se consignaba la fecha de presentación con pocas y ligeras notas aclaratorias que se incluían al calce para no obstaculizar el cuidadoso empaque tribunicio y declamatorio del texto" (168). Las tres conferencias que componen *La renuncia del héroe Baltasar* son un *pastiche* del "proceratismo iconológico" que promulgó la generación del 30, pues las presentaciones de Cadalso están imbuidas de "la regodeada untuosidad, la cursilería casi deliberada que caracteriza este formato biográfico de lo ejemplar" (168). Irónicamente, Baltasar Montañez es un antiprócer, no sólo por su raza y su clase social, sino porque su postura de renuncia al poder es radicalmente opuesta al activismo de "hacer patria" que promovían los

7. Los principales documentos de la colonización y administración de Puerto Rico estaban en el Archivo de Indias y otros depósitos peninsulares. Al finalizar la Guerra Hispano-Americana, conforme con las cláusulas del tratado de París, los papeles del antiguo Archivo de Gobernación fueron enviados a Washington y el resto de la documentación generada por distintas dependencias del gobierno quedó dispersa. El Archivo Histórico de Puerto Rico se creó en 1919 para recoger documentación, pero muchos de esos documentos fueron destruidos en un fuego ocurrido en 1926. Los documentos que se salvaron no encontraron repositorio permanente hasta que se creó el Archivo General en 1955 (Salgado: 164-165).

ateneístas (169). De las tres conferencias, la segunda es particularmente iconoclasta, pues "alude a la praxis iconográfica más importante del Ateneo: la presentación de retratos de los próceres para ingresarlos en la galería" (170). Los retratos de Juan Espinosa guardados en el Archivo Municipal de San Juan son una profanación de la "emblemática de la integridad" de los retratos donados al Ateneo. El Baltasar Montañez de Juan Espinosa encarna una actitud radicalmente opuesta a la representación del prócer como "individuo moral" de "férreo carácter" que asume "ascetismo en el profesionismo burgués y la labor patria" (170). Antihéroe, agente contrautópico, Baltasar Montañez es también un antiprócer.

Confío en que con esta edición —a los treinta años de su primera publicación— *La renuncia del héroe Baltasar*, una de las obras fundacionales de la nueva narrativa puertorriqueña, despertará el interés que merece entre una nueva generación de lectores en el continente.

BENJAMÍN TORRES CABALLERO
Western Michigan University

Cronología*

1946 Nace el 9 de octubre en Río Piedras, Puerto Rico, el menor de dos hijos del matrimonio de Samuel Rodríguez Estronza y Acacia Juliá Flores. Pasa sus primeros años en Aguas Buenas, donde su abuela materna tiene una finca de café y tabaco en las afueras del pueblo. De su abuela materna escucha relatos que parecen influir en su vocación literaria, en particular aquellos relacionados con los huracanes de San Ciriaco y San Felipe.

1957 Los Rodríguez Juliá se trasladan a San Juan y se ubican en una de las urbanizaciones de clase media que se construyen a lo largo de la Avenida 65 de Infantería.

1964 Termina la escuela secundaria en el Colegio San José. Ingresa en la Universidad de Puerto Rico.

1968 Recibe su bachillerato en artes, *magna cum laude,* con una concentración en estudios hispánicos. Comienza a enseñar en la Universidad de Puerto Rico en un programa especial que promueve el entonces rector, Abraham Díaz González.

1971 Se traslada a Nueva York para hacer su maestría con

* Esta cronología debe mucho a los datos biográficos sobre Rodríguez Juliá que recoge Víctor Federico Torres en su *Narradores puertorriqueños del 70: guía biobibliográfica* (Plaza Mayor, San Juan, 2001).

una especialidad en lenguas romances en la New York University.

1972 Como estudiante de la NYU toma cursos doctorales en un programa de dicha institución en Madrid. Mientras estudia en Madrid escribe su primera novela, *La renuncia del héroe Baltasar.* Completa la maestría y regresa a la Universidad de Puerto Rico para reintegrarse a la Facultad de Estudios Generales.

1974 Publica la novela "histórica" *La renuncia del héroe Baltasar.*

1981 Aparece la primera de las crónicas del Puerto Rico contemporáneo, *Las tribulaciones de Jonás,* la cual gira en torno a la figura de Luis Muñoz Marín y su entierro. Recibe el premio Bolívar Pagán del Instituto de Literatura Puertorriqueña por *Las tribulaciones de Jonás.*

1983 Aparece la segunda crónica del Puerto Rico contemporáneo, *El entierro de Cortijo.* La publicación de las dos "crónicas mortuorias" consolidan su reputación como escritor y lo convierten en uno de los autores más leídos de la Isla.

1984 Publica la segunda de sus novelas "históricas" sobre el siglo XVIII puertorriqueño, *La noche oscura del Niño Avilés.* Es la primera parte de la "Crónica de la Nueva Venecia", la cual incluye *El camino de Yyaloide* (1994) y *Pandemonium* (indédita), completada en su totalidad entre 1972 y 1978. El Pen Club le concede el premio en el género testimonio a *El entierro de Cortijo.*

1985 El Pen Club le otorga el premio en novela a *La noche oscura del Niño Avilés.*

1986 Publica el ensayo *Campeche o los diablejos de la melancolía*, exploración de los albores del sentir criollo –o puertorriqueñidad– a través de la lectura de los lienzos del primer pintor puertorriqueño. Aparece asimismo la colección de crónicas *Una noche con Iris Chacón,* que incluye, además de aquélla que le da título al tomo, otras dos: "Llegó el obispo de Roma" y "El Cerro Maravilla". Recibe la beca Guggenheim de ficción.

1988 *Puertorriqueños: álbum de la sagrada familia puertorriqueña a partir de 1898* combina fotografía y texto para ofrecer una visión de la transformación social y cultural de Puerto Rico bajo el dominio norteamericano. Comienza una intensa colaboración en la prensa del país, sobre todo en los suplementos *En Grande* y *Domingo* de *El Nuevo Día,* actividad que ha mantenido hasta el presente.

1989 Aparece la última colección de crónicas del Puerto Rico contemporáneo, *El cruce de la Bahía de Guánica (cinco crónicas playeras y un ensayo),* que incluye, además de la crónica que le da título a la colección, "Para llegar a la Isla Verde" y "Flying Down to Rio". Ya con estos textos el litoral de Isla Verde y el *lifestyle* de la playa se convierten en constantes del tercer periodo de la obra de Rodríguez Juliá, la crisis de la medianía.

1991 Se traduce al francés *La noche oscura del Niño Avilés* bajo el título de *Chronique de la Nouvelle-Venise.*

1992 Finalista del Premio Planeta-Joaquín Mortiz por *Cartagena.*

1993 Primer finalista del Concurso Internacional de Novela Francisco Herrera Luque por *El camino de Yyaloide.*

1994 Publica *Cámara secreta (Ensayos apócrifos y relatos verosímiles de fotografía erótica).* El subtítulo indica el carácter híbrido de la obra, la cual hilvana texto lingüístico y fotografía, prosa expositiva y narración. Aparece la segunda parte de la "Crónica de la Nueva Venecia", *El camino de Yyaloide.* Se traduce *El entierro de Cortijo* al francés bajo el título de *L'enterrement de Cortijo: chronique portoricaine.*

1995 Publica su novela detectivesca *Sol de medianoche,* por la cual recibe el primer premio del Concurso Internacional de Novela Francisco Herrera Luque.

1997 Aparece *Cartagena.* Publica la colección de relatos *Cortejos fúnebres.* Aparece la colección de crónicas sobre el beisbol, *Peloteros. La renuncia del héroe Baltasar* es traducida al inglés bajo el título de *The Renunciation.*

1998 Escribe el guión para el especial televisivo *El romance del Cumbanchero* dedicado al compositor puertorriqueño Rafael Hernández.

1999 Se publica una nueva edición de *Sol de medianoche* a cargo de Mondadori.

2001 Se edita *Elogio de la fonda,* recopilación de crónicas y ensayos sobre la gastronomía del país, aparecidos en su mayoría como parte de la serie "Sobre fondas, friquitines y lechoneras" publicada en *En Grande* entre 1990 y 1995.

2002 Publica la colección de crónicas *Caribeños* en la que se exploran los lazos que unen a los pueblos del Caribe. Incluye crónicas sobre Cuba, Puerto Rico, Santo Domingo, Venezuela y Martinica.

2003 Se publica *Mapa de una pasión literaria,* recopilación de textos relativos a la literatura.

2004 Aparecen *Musarañas de domingo,* volumen que recoge textos sobre pintura, fotografía, música, historia y política; *Mujer con sombrero panamá,* secuela de *Sol de medianoche,* y la traducción al inglés *Cortijo's Wake: El entierro de Cortijo.*

2005 Se publica el ensayo ilustrado *San Juan, ciudad soñada* que entreteje los temas de la ciudad, la literatura y el Caribe.

Temas de investigación

- Según Efraín Barradas *La renuncia del héroe Baltasar* crea un "falso siglo XVIII" puertorriqueño, es decir "una historia que pudo ser pero no fue". ¿Cómo difiere la historia de Puerto Rico de la acción de la novela de Rodríguez Juliá?
- Rodríguez Juliá no escribe novelas históricas sino "pesadillas de la historia". ¿En qué sentido es *La renuncia del héroe Baltasar* una "pesadilla de la historia"? ¿En qué sentido la novela nos ayuda a comprender el Puerto Rico contemporáneo?
- En *La renuncia del héroe Baltasar* encontramos ciertos anacronismos, por ejemplo el consumo por parte de Baltasar Montañez y Juan Espinosa de la yerba narcótica llamada "Perico", es decir, la "Blancanieves" o cocaína de la presente época. ¿Por qué la novela representa esta patología social del siglo XX en el siglo XVIII?
- Afirma Rodríguez Juliá que *La renuncia del héroe Baltasar* es una novela "conceptista" que narraría una idea, el nihilismo. ¿Qué forma asume esa negativa total en la novela?
- Para Rubén González *La renuncia del héroe Baltasar* es una "utopía del rencor". ¿Cómo gobierna el rencor la psicología de Baltasar, su relación con Josefina y la dinámica social en términos generales?

- ¿En qué sentido es Baltasar Montañez un anti-Muñoz Marín?
- ¿Qué elementos de la ficción sirven para darle verosimilitud como documento histórico? ¿Qué elementos de la ficción subvierten la validez del concepto de la Historia?
- ¿Sería posible argüir que en *La renuncia del héroe Baltasar* la verdadera acción no es el conflicto racial, sino la actividad de Alejandro Cadalso como historiógrafo-archivista?

Bibliografía

OBRAS CITADAS

BARALT, Guillermo A., *Esclavos rebeldes*, Huracán, Río Piedras, 1985.

BARRADAS, Efraín (ed.), *Apalabramiento, cuentos puertorriqueños de hoy,* Ediciones del Norte, Hanover, New Hampshire, 1983.

BRAU, Salvador, *Historia de Puerto Rico,* D. Appleton, Nueva York, 1904.

CABALLERO, María, *Ficciones isleñas,* Editorial de la Universidad de Puerto Rico, San Juan, 1999.

COLL Y TOSTE, Cayetano, *Leyendas puertorriqueñas,* Libero, Mayagüez, 1994.

DÍAZ SOLER, Luis M., *Historia de la esclavitud negra en Puerto Rico,* Editorial de la Universidad de Puerto Rico, Río Piedras, 1981.

ELLMAN, Maude, *The Hunger Artists, Starving, Writing, and Imprisonment,* Harvard University Press, Cambridge, MA, 1993.

GONZÁLEZ, José Luis, *El país de cuatro pisos,* Huracán, Río Piedras, 1980.

GONZÁLEZ, Rubén, *La historia puertorriqueña de Rodríguez Juliá,* Editorial de la Universidad de Puerto Rico, San Juan, 1997.

IRIZARRY, Estelle, "Metahistoria y novela: *La renuncia del héroe Baltasar*", *La Torre*, 5, 1991, pp. 133-155.

KNIGHT, Franklin W., *The Caribbean,* Oxford University Press, Nueva York, 1990.

ORTEGA, Julio, *Reapropiaciones. Cultura nueva y escritura en Puerto Rico,* Editorial de la Universidad de Puerto Rico, San Juan, 1991.

RODRÍGUEZ JULIÁ, Edgardo, *Las tribulaciones de Jonás*, Huracán, Río Piedras, 1981.

——, "A mitad de camino", en Asela Rodríguez de Laguna (ed.), *Imágenes e identidades,* Huracán, Río Piedras, 1985, pp. 127-139.

——, *Campeche o los diablejos de la melancolía,* Instituto de Cultura Puertorriqueña, San Juan, 1986.

——, *Mapa de una pasión literaria,* edición e introducción de Benjamín Torres Caballero, Editorial de la Universidad de Puerto Rico, San Juan, 2003: "Borges, mi primera novela y yo" (211-215), "Cómo escribí *Puertorriqueños*", (15-19), "Mapa de una pasión literaria" (81-88), "Los playeros de Salvador" (171-176), "*Las tribulaciones de Jonás* (veinte años después)" (249-256), "Las voces de la tribu" (111-116).

SALGADO, César A., "Archivos encontrados: Edgardo Rodríguez Juliá o los diablejos de la historiografía criolla", *Cuadernos Americanos,* vol. 13, núm 73, 1999, pp. 153-203.

SOMMER, Doris, *Foundational Fictions,* University of California Press, Berkeley, 1991.

STOLLER, Robert J., *Sexual Excitement: Dynamics of Erotic Life,* Pantheon, Nueva York, 1979.

——, *Observing the Erotic Imagination,* Yale University Press, New Haven, 1985.

——, *Perversion, The Erotic Form of Hatred,* 2a. ed., Karnac, Londres, 1986.

——, *Pain and Passion,* Plenum, Nueva York, 1991.

OBRAS DE EDGARDO RODRÍGUEZ JULIÁ

La renuncia del héroe Baltasar, Antillana, Río Piedras, 1974.

Las tribulaciones de Jonás, Huracán, Río Piedras, 1981.

El entierro de Cortijo, Huracán, Río Piedras, 1983.

La noche oscura del Niño Avilés, Huracán, Río Piedras, 1984.

Campeche o los diablejos de la melancolía, Cultural e Instituto de Cultura Puertorriqueña, Río Piedras, 1986.

Una noche con Iris Chacón, Antillana, Río Piedras, 1986.

Puertorriqueños, Playor, Madrid, 1988.

El cruce de la Bahía de Guánica, Cultural, Río Piedras, 1989.

La noche oscura del Niño Avilés, Editorial de la Universidad de Puerto Rico, San Juan, 1991.

El camino de Yyaloide, Grijalbo, Caracas, 1994.

Cámara secreta (Ensayos apócrifos y relatos verosímiles de la fotografía erótica), Monte Ávila, Caracas, 1994.

Sol de medianoche, Grijalbo, Caracas, 1995.

Peloteros, Editorial de la Univesidad de Puerto Rico, San Juan, 1997.

Cartagena, Plaza Mayor, Río Piedras, 1997.

Cortejos fúnebres, Cultural, Río Piedras, 1997.

The Renunciation, traducción de Andrew Hurley, Four Walls Eight Windows, Nueva York, Londres/UNESCO, París, 1997.

Sol de medianoche, Mondadori, Barcelona, 1999.

Elogio de la fonda, prólogo "Historia de este guiso" y epílogo "Para comer en puertorriqueño" de Benjamín Torres Caballero, Plaza Mayor, Río Piedras, 2001.

Caribeños, prólogo de Julio Ortega, Editorial del Instituto de Cultura Puertorriqueña, San Juan, 2002.

La noche oscura del Niño Avilés, Ayacucho, Caracas, 2002.

Mapa de una pasión literaria, edición e introducción de Benjamín Torres Caballero, Editorial de la Universidad de Puerto Rico, San Juan, 2003.

Mujer con sombrero panamá, Mondadori, Barcelona, 2004.

Musarañas de domingo, edición e introducción de Benjamín Torres Caballero, Editorial de la Universidad de Puerto Rico, San Juan, 2004.

Cortijo's Wake/El entierro de Cortijo, traducción e introducción de Juan Flores, Duke University Press, Durham, NC, 2004.

San Juan, ciudad soñada, prólogo de Antonio Skármeta, Editorial Tal Cual, San Juan/University of Wisconsin Press, Madison, WI, 2005.

La renuncia del héroe Baltasar

CONFERENCIAS PRONUNCIADAS
POR ALEJANDRO CADALSO
EN EL ATENEO PUERTORRIQUEÑO,
DEL 4 AL 10 DE ENERO DE 1938

A Yvonne

I

EN LOS CAPÍTULOS X Y XI de mi *Historia y guía de San Juan* dibujé un breve boceto de la insigne figura de Baltasar Montañez. Hoy vuelvo –por invitación de esta docta casa, y accediendo a las halagadoras peticiones de mi querido amigo el Sr. Martínez Archilla, Secretario de la Sección de Historia– a bucear en el sentido histórico de aquel enigmático héroe del siglo XVIII. Sí, Baltasar Montañez es un enigma que debe reclamar nuestra atención, nuestra conciencia histórica y nuestro estudio. Y ello porque este enigma, esta figura que cruza nuestra historia como un celaje oscuro, tiene mucho que decir, desde la lejanía de los siglos, sobre nuestra condición humana. He señalado que Baltasar es una figura de profundo sentido histórico. Ello requiere una advertencia antes de comenzar el buceo en las entrañas de nuestro oscuro siglo XVIII.

Baltasar no alteró la historia o precipitó profundos cambios en ella. Si lo comparamos con su padre –aquel valeroso caudillo de los negros revoltosos de 1734, Ramón Montañez– su vida apenas puede considerarse histórica, apenas cobra relieve fuera de esa historia pequeña que Unamuno llamó la intrahistoria. ¿Por qué hablo entonces de sentido histórico?

Baltasar tiene sentido, más que para la historia misma, para la comprensión de eso que los franceses llaman la *condition hu-*

maine. No en balde el gran poeta testigo de esa condición –nuestro Alejandro Juliá Marín– hizo de Baltasar el motivo de sus más inspirados poemas en prosa. En fin, Baltasar Montañez es un dato de la historia; pero todo un testimonio de los aspectos más oscuros, más velados de la naturaleza humana. Es historia con sentido profundamente humano en tanto elocuente testimonio de nosotros mismos. No quiero sugerir, por lo anterior, que hay figuras históricas que no tienen particular sentido humano. Muy lejos de ello, considero que si concebimos eso que he llamado naturaleza humana es porque la historia nos obliga –como un espejo– a tener una imagen de nosotros mismos. Pero sí quiero recalcar que en la historia encontramos figuras de muy bajo relieve que, en cambio, tienen una gran profundidad humana, y colaboran ellas tanto como las otras –y algunas veces hasta más– en la confirmación de la imagen antes aludida. Baltasar Montañez es una de estas figuras. Su lugar, su estancia histórica está entre la gran historia y la intrahistoria, entre la truculencia del hecho trascendente y el susurro de las vidas ignotas. En fin, Baltasar está inserto en esa luz crepuscular que el poeta romántico alemán Kleisthoffen llamó la "equívoca región del mito y la leyenda". Es para el historiador la región más difícil, ya que requiere la ciencia de la investigación, pero también la magia del ensueño.

LA PRIMERA RENUNCIA DE BALTASAR se consumó aquel 1 de junio del año 1753, fecha de su enlace matrimonial con Josefina Prats, hija del Secretario del Gobierno, General Prats. ¿A qué renunciaba Baltasar? En primer lugar, renunciaba a su propia raza, a su propio pueblo. Un negro se casa con la hija del primer dignatario colonial. Significa ello que este desclasado, este intruso tendría que renunciar a su negritud, a la cultura de los barracones –que es trasunto de las antiquísimas culturas de la costa occidental de África– y asumir todas las fórmulas sociales, culturales y religiosas de la "buena sociedad" blanca del Puerto Rico colonial del siglo XVIII. Renunció también a la memoria de su padre, a la obra revolucionaria de aquel Ramón Montañez, capitán de la primera y más feroz revuelta de negros que conoció aquel convulso siglo. De hecho –como ya aclaré en mi trabajo anterior sobre Baltasar– el enlace matrimonial entre el hijo del revoltoso y la hija del Vicegobernador se encaminaba a lograr el apaciguamiento del ímpetu revolucionario que con tanto valor creó Ramón Montañez. Con este matrimonio se pretendía narcotizar la indignación negra por medio de una figura de cuentos de hada. Baltasar Montañez crearía en los negros la falsa ilusión de la libertad y el tránsito social. Se pretendía frenar el impulso revolucionario con la figura de un héroe popular que conciliara las dos clases antagónicas. Baltasar Montañez se convertía en traidor a la causa de su padre, ya que se dejó utilizar para confundir a su pueblo, para aliviar unas tensiones sociales que de continuar habrían significado la abolición de la esclavitud o el derrocamiento del gobierno colonial. El héroe de las fiestas hípicas de San Pedro y San Pablo del año 1753 se rebelaba contra las cenizas de su propio padre.

Las autoridades coloniales hicieron lo indecible por edificar en torno a Baltasar el atractivo del mito y la magia. No sólo mandaron a edificar un monumento a la memoria del milagro que asistió a su persona, sino que pretendieron hacer de él una figura carismática destinada a lograr la confianza de su pueblo. El retrato al óleo que le hizo Juan Espinosa, en el año 1754, muestra a un joven y apuesto negro vestido con el uniforme virreinal de Calatrava y el sable dorado de la orden inquisitorial de Indias. En fin, pasado un año aquel humilde picador de caña se convertía en funcionario colonial de alta jerarquía. Hoy no nos cabe la menor duda de que el incidente del caballo despeñado en las fiestas hípicas del 1753 fue un milagro montado para cautivar la imaginación popular. Para sostener el anterior aserto, les presento este despacho del Obispo Larra –la eminencia gris de la política colonial del siglo XVIII– al Secretario de Gobierno Prats:

> Y Vuestra Excelencia gritará: ¡Sálvalo, Santo Cristo de la Salud! y con ello se inflamarán los corazones de pío sentimiento y la voz de ¡Milagro! resonará desde algún rincón, y todo ello para la exaltación de la fe en Cristo. El jinete –que en ocasión ya ha recibido órdenes de cabildo a lo relativo– frenará su equino –magnífico animal por lo que han referido en testimonio los palafreneros del obispado– al borde mismo de la muralla. Todo lo dicho causará gran confusión, y los ánimos de esta buena feligresía que me honro en llevar por el camino de la salvación eterna, atribuirían a causa divina lo que tiene causa humana. Es menester lograr en los corazones pía reverencia a este milagro manifestado por hombres; pero justificado por Dios Padre Celestial para sosiego y paz de su amada grey.

Aunque el despacho está mutilado en su parte superior es clara la intención que lo anima: el Secretario Prats pedirá un milagro cuando el joven jinete se acerque peligrosamente a la muralla y el caballo amenace con despeñarlo; desde algún rincón un milagrero pagado por el obispo gritará ¡milagro! cuando el caballo se detenga bajo las diestras bridas de Baltasar. Se irá, de este modo, conformando la primera parte de la leyenda, del mito heroico y milagroso de Baltasar. Es interesante subrayar la referencia que el Obispo Larra hace a las "órdenes de Cabildo" recibidas por Baltasar. Ello nos confirma la sospecha de que Baltasar estuvo enterado de todo desde el principio, y que "su milagro" fue montado con su anuencia y colaboración. Es importante recalcar esto porque luego Baltasar –en algunos de sus escritos– hablará del milagro con plena convicción de su naturaleza divina.

Luego de su matrimonio con Josefina Prats, el joven y apuesto héroe visitará las colonias de negros establecidas en las plantaciones norteñas. Como un Prometeo que pretende robarle el fuego a los dioses coloniales, anunciará que su presencia en La Fortaleza de Santa Catalina significará mucho bien para su pueblo. De este modo, el traidor a la revolución comenzada por Ramón Montañez pretendía crearse la imagen de benefactor que aliviaría la esclavitud de los negros. En fin, se trataba de realizar lo que hoy llamaríamos una política reformista. Toda esta gestión era dirigida por el Obispo Larra, e iba encaminada a lograr el apaciguamiento tan firmemente deseado. Baltasar era una marioneta de Larra; un emancipado que gestaba –tras el bien cuidado disimulo que siempre lo caracterizó– el engaño y la opresión de su propio pueblo. El secretario del Obispo Larra nos comenta en su *Crónica de lo sucedido bajo el obispado del muy insigne y santísimo su Excelencia Don José Larra de Villaespesa:*

> Muy de provecho para el buen estado del gobierno civil de esta plaza ha sido el santísimo enlace entre Baltasar Montañez y Doña Josefina Prats. Desde que el muy santo Obispo Larra bendijo en santísimo sacramento esta unión, el sosiego ha sido restaurado a la amada grey. La negrada primitiva e idólatra que pretendía violar lo querido por naturaleza y sancionado por Dios Padre Celestial, ha entrado en el cauce que su propia condición le ha signado. Este humilde testigo que escribe estas brevísimas estampas, ha visto cómo el llamado Baltasar Montañez ha recorrido con muy magníficas muestras de culto los sectores más convulsos por las antiguas rebeliones de Lucifer. El populacho le rinde culto a este muñeco, a este héroe de muy real simulacro, e imagina en él la esperanza de cumplimiento del anómalo y diabólico deseo de romper cadenas, y de ese modo violar lo dispuesto por el Señor de los cielos. El llamado Baltasar desempeña a perfección suma su papel conciliatorio entre las dos razas que habitan esta muy grácil y bella isla, y restaura al más firme plinto la hegemonía del cristiano sobre el hereje. Este hombre ha dado suficientes signos de grave político, y adelanto ello porque alienta las heréticas y malvadas esperanzas de libertad en la negrada al mismo tiempo que coloca firme brida en sus concupiscentes ímpetus, proclamándose él

como adelantado de sus ansias, y notable garantizador de las mismas. Con habilísimo dolo distrae la diabólica violencia con la muy fútil esperanza, mientras mantiene firme las bridas del desbocado caballo que es su raza. Aunque no es hombre que mantenga nuestra prudencia libre de recelos, su bien cuidado disimulo al corresponder con su gentuza va destinado a lograr, para su propia y baja persona, todos los placeres que el poder ofrece, y ello nos coloca en muy ventajosa oportunidad de hacer un hecho de concordia entre su conveniencia y nuestra natural privilegiada condición. Su bien arreglada fachada de emancipador le conviene a su persona; pero también —y ello por orden natural y no sutil dolo político— a nuestra santificada monarquía.

El secretario del Obispo Larra señala los buenos frutos políticos que se han cosechado luego del matrimonio de Baltasar y Josefina. Efectivamente, el ímpetu revolucionario de los negros ha sido detenido por esta fantasía social y política ideada por el Obispo Larra. El matrimonio ha narcotizado, adormecido la conciencia de la propia esclavitud. Se ha pretendido negar la necesidad de la revolución. La negrada ha sido confundida por medio de la ilusión de libertad. El apaciguamiento se ha consumado.

Ahora bien, volvamos atrás y profundicemos en las circunstancias que rodearon este extraño matrimonio: en primer lugar, tenemos suficiente evidencia documental para probar la renuencia del Secretario General Prats a que su hija fuera víctima de este sacrificio al Moloc negro. Según mis últimos descubrimientos, hubo una acre correspondencia entre el Obispo Larra y el Secretario de Gobierno Prats. La negativa de Prats culminó con el arresto y encarcelamiento de éste; pero su destitución de cargo no se realizó sino hasta después del enlace. Excepto una, todas las crónicas de la época acusan la presencia de Prats en la boda de su hija. Pero, por otro lado, al investigar a fondo comenzamos a sospechar que el Secretario Prats se encontraba, en el momento de la ceremonia nupcial, bajo arresto domiciliario. Aquel 1 de junio del año 1753 ocultó –detrás de la música frenética de los celebrantes negros y el complicado protocolo colonial– el secuestro de la familia Prats. El colaborador de Larra en el milagro del Santo Cristo de la Salud rehusaba ofrecer la voluntad y virginidad de su bella hija como medio para lograr el buen fin del sosiego político. Reconsideramos así nuestra opinión en *Historia y guía de San Juan.* En aquella oportunidad señalamos al Secretario Prats como autor del matrimonio. Hoy corregimos aquella opinión, y, a la luz de la más reciente investigación, establecemos que fue Larra el padre de la idea. Pero lo anterior no explica por qué sostuvimos, por tanto tiempo, una tesis equivocada. Veamos: el documento que me obligaba a sostener la equivocada tesis es la *Crónica oficial de los muy dignos Secretarios del Obispo Don José Larra en torno al muy apoteósico matimonio de Don Baltasar Montañez y Doña Josefina Prats.* ¿Quiénes fueron estos secretarios? Uno de ellos se llamó Don Ramón García Oviedo, y, de acuerdo con la costumbre protocolaria del tiempo, ostentaba el seudónimo de Juan del Gólgota. El otro, Don Alonso Bustamente y Morales, recibió el extraño purificante –así se le llamaba a estos sobrenombres– de El Confeso de la Calavera. Cuando leí por vez primera los testimonios que escribieron en torno a las nupcias, no me percaté de un detalle altamente significativo. En una de las crónicas –la de Don Alonso Bustamente y Morales– se redacta una larga lista de dignatarios presentes en la boda. Resalta el hecho –y mi torpeza fue infinita al no percatarme de ello desde un principio– de la ausencia del Secretario Prats en dicha lista. Según el manuscrito autógrafo de la Biblioteca Carnegie, esta crónica fue escrita el 10 de junio de 1753. El 22 de julio de ese mismo año se escribió otra crónica, la de Don Ramón García Oviedo. En esta última se reitera, de modo casi obsesivo, la presencia de Prats en el llamado "balcón nupcial de La Fortaleza"; también se recalca el buen ánimo del Secretario General y su amplia sonrisa de orgulloso padre. Escuchemos la crónica en una de sus narraciones:

> Y allí también adornaba con su dignísimo talante el muy excelente Secretario de la Generalía Prats, y esta brillante luz insular atendía a la ceremonia con la notable satisfacción del bendito padre que sabe conducir a sus amadísimos hijos por el camino del Señor. Allí estaba en prestancia de muy suprema índole, sonriente y de sobria elegancia adornado, y todo ello llevado al supremo delirio de la esplendorosa condición al cubrir su bello cuerpo con en extremo rico y vistoso uniforme de la Orden de San Jerónimo de las colonias. ¡Bello adorno de la autoridad insular! Allí despedía luz para todos los siglos venideros, ¡Este gran señor de nuestras Indias!

La primera vez que examiné estos documentos leí primero el que les acabo de leer, que fue escrito un mes después de celebrada la boda. Luego, al leer el que lleva fecha del 10 de junio, que fue redactado –probablemente como noticia de la *Gaceta Insular*– unos días después de la boda, no me percaté –torpísimo investigador que soy– de la omisión que se hace del nombre del Secretario General Prats. Mucho tiempo transcurrió antes de que yo volviera –y esta vez con cuidadosa lupa– a examinar estos documentos. ¿Qué descubro para asombro mío? En adición a la ya referida omisión en la crónica del 10 de junio, el manuscrito autógrafo de la crónica del 22 de julio tampoco contenía alusión al Secretario del Gobierno; pero sí contenía unas adiciones al margen del texto donde se hacía alusión a la presencia de Prats. Fue de estas adiciones que saqué el trozo que les acabo de leer. Pero mis sorpresas aumentaban. La letra de las adiciones es completamente distinta a la del texto. Es obvio que las adiciones no fueron hechas por Don Ramón García Oviedo. Inmediatamente comencé a sospechar. Vuelvo a la crónica de Don Alonso Bustamante, que es la primera crónica redactada sobre el enlace matrimonial. Fechada el 10 de junio, es el testimonio más próximo al suceso. Don Alonso –aunque probablemente estuvo muy al tanto de la suerte de Prats– quiso evitar el espinoso asunto con una omisión voluntaria de cualquier referencia al padre de la novia. Es evidente que el Obispo Larra recibe con molestia esta primera crónica. La omisión que ella hace de Prats es un dedo acusador. Porque si para nosotros no fue notable la ausencia de Prats, fue porque leímos primero la crónica alterada del 22 de julio. El Obispo Larra le escribe la siguiente misiva a la persona que haría la alteración de la segunda crónica:

> Fue con singular sorpresa que me he percatado de lo muy nocivo que es para la bendita salud del cuerpo político la crónica de protocolo hecha en referencia a la boda que ha sido reciente ocupación nuestra. Y ello así porque en esta crónica testada por El Confeso de la Calavera se hace muy notable la ausencia del Secretario del Gobierno Prats. Reconozco mi torpísima distracción protocolaria al no emitir órdenes de índole muy particular sobre tan grave asunto; pero, a todos los modos, el culpable de dicho testimonio será muy castigado, ya que como funcionario de la corona debería ser más sensible a las graves necesidades de ésta para su mantención. El único consuelo que a estas horas nos resta es que mi secretario de cámara y escribiente consular de protocolo episcopal, el excelentísimo Don Ramón García Oviedo, ha comenzado testimonio nuevo sobre el notable suceso. Y en esta novísima crónica la mentira piadosa —que por voluntad divina es el único remedio a este gravísimo trance— equivale a la verdad, porque es ella la única que puede mantener un estado de paz, y es la paz el único fin de un Dios todo misericordioso...

¿A quién fue dirigida esta carta? No hay documento que apoye la siguiente aseveración; pero creo que la carta fue dirigida a Baltasar Montañez. Es notable cómo el Obispo Larra se disculpa por la omisión del cronista. Sólo a Baltasar Montañez —por ser éste el basamento de su política colonial y esclavista— el Obispo Larra mostraba tan humilde disposición. Ahora bien, nuestra cuidadosa lupa sigue esclareciendo misterios: Las adiciones hechas a la crónica de Oviedo se las atribuimos a Baltasar Montañez. La grafía de estas adiciones corresponde a la de varios manuscritos de Baltasar que conservamos. El estilo es el de Baltasar: ampuloso, retórico, resultado de una asimilación cultural precipitada. Recordemos que Baltasar fue hombre de escasas letras antes de casarse con Doña Josefina. Su gran inteligencia –quizás genial– le posibilitó adquirir, en pocos años, una gran cultura; pero esta herencia, exenta del lento crisol de los años, resultó ser una patética caricatura. Baltasar exageraba el estilo hiperbólico de la intelectualidad española del siglo XVIII. Aquel estilo dieciochesco que Heltfeld llamó "crepúsculo del barroco", se convierte, bajo su insegura pluma, en una exageración de lo ya desmesurado. Ahora bien, no es únicamente el estilo rococó lo que resalta en su prosa: Ya se prefigura aquí el estilo histérico de su *Crónica de la muy ingeniosa concepción de una arquitectura militar del paisaje.* Pero no es la histeria del visionario lo que se trasluce en la adición; la exaltación arranca del resentimiento ante el "¡Bello adorno de la autoridad insular!" que no quiere ver a su hija casada con un negro. La rabia ante la ausencia de su suegro, el enconado resentimiento ante la humillante falsificación de la presencia de Prats, llegan a su punto culminante con estas violentas y dolidas palabras: "Allí despedía luz para todos los siglos venideros, ¡Este gran señor de nuestras Indias!" El giro "adorno de la autoridad insular" es muy de Baltasar, y aparece en la crónica antes aludida. Escuchemos a Baltasar narrando cómo conoció al arquitecto Juan Espinosa: "Hacia el año 1754 no vivía un solo arquitecto civil en la isla. Fue por esta razón que el Secretario del Gobierno General Prats –cuya benevolencia ha sido adorno de la autoridad insular–..." Hoy sabemos que la construcción de la capilla del Cristo no la pudo haber ordenado Mateo Prats. Hacia el año 1754 ya estaba encarcelado y destituido de su importante cargo. ¿Por qué Baltasar construye toda esta inmensa farsa? Baltasar necesita la presencia y aceptación de Don Tomás. Rechazado y herido, Baltasar y su diabólico orgullo construirán una fábula en que Prats desea honrar la memoria del negro milagroso. Hoy podemos señalar, sin peligro de equivocación, que la construcción de la famosa capilla fue realizada por encomienda del Obispo Larra.

En julio de 1753 aparece la Crónica redactada por el secretario Oviedo con adiciones de Baltasar. Recibe la bendición del Obispo Larra. Se fragua la mentira piadosa: el Sr. Mateo Prats aprobó el matrimonio de su hija con el negro Baltasar. Era preciso que el pueblo conociera la "opinión oficial" sobre el espinoso asunto. Todo el mundo, de ahora en adelante, deberá imaginar la complacida sonrisa del Secretario Prats, su presencia en aquel triste balcón nupcial del Palacio de Gobernación.

Buena parte de la comunidad de dignatarios coloniales le negó su aprobación a la farsa de Baltasar y el Obispo Larra. En carta enviada al Secretario de asuntos jurídicos de la Plaza de San Juan Bautista –fiscal de la época– el Obispo Larra exige el inmediato arresto y juicio de Don Alonso Bustamante. El delito ya lo sabemos: negarse a incluir en el listín de funcionarios a un hombre que en los momentos del infame casorio hilvanaba –con el recuerdo de la frescura angelical de su hija– su desesperación en alguna oscura, húmeda celda de San Felipe del Morro. Don Alonso fue encarcelado el 24 de julio de 1753, y el desenlace de su vida todavía es oscuro misterio para nosotros los investigadores. Escuchemos las palabras de Larra al Secretario de asuntos jurídicos: "Será de muy gran provecho para la tranquilidad de esta plaza, el inmediato arresto y levantamiento a culpa del súbdito Don Alonso Bustamante. El llamado súbdito ha dado a pública luz –edicto de plazoleta– un nefasto documento que por su naturaleza falsaria atenta contra la paz de la amada grey". Para esa misma fecha el Obispo Larra escribía en su libro *Aforismos para la santa y verdadera educación del hombre de estado:*

> La verdad fuera de oportunidad es tan nociva a la seguridad de los estados como el fuego de Marte. No hay hombres de más peligrosa dispuesta que aquellos que colocan la verdad sobre las necesidades del bien univer-

> sal. Verdad sin piedad que no toma en consideración la muy débil naturaleza de los hombres y su condición, es tan repugnante como el veneno de aquellos políticos que creen en el dolo –¡oh *cave dolum*!– como única manera de gobierno. Por ello Dios, en su más que infinita sapiencia, nos ha otorgado el muy loable instrumento político de la muy sedante mentira piadosa, que es dulce verdad que tiene origen, no de la soberbia de aquellos impíos que se creen merecedores de beatificación por aquella pureza que daña el talento que Dios le ha dado a los hombres para su pervivencia, sino del reconocimiento de nuestra caída naturaleza sumida en el pecado, y que tiende más hacia la delectable pasión que hacia la primorosa verdad. La piadosa mentira se humilla ante el espectáculo de nuestra humana condición. La piadosa mentira es fabricar a lo humano la divina verdad. La verdad es oscuro reflejo sólo a través de la falsedad de los hombres. Sin falsedad sería ella una muda y oscura doncella perdida en el silencio del universo terrorífico.

El destino del cronista García Oviedo lo desconocemos; pero podemos suponer que fue similar al de Don Alonso Bustamante. Hacia agosto de 1753 el Obispo Larra tenía un nuevo secretario: el Sr. Don Rodrigo Pérez de Tudela, cuyo testimonio en torno a la labor de pacificación que realizó Baltasar luego de su matrimonio ya hemos escuchado.

Ahora bien, volvamos atrás y veamos el duelo entre el Obispo Larra y el Secretario de Gobierno Prats tal como queda testimoniado en la documentación existente. A continuación les leeré una misiva, con fecha del 23 de marzo de 1753, en que el Obispo Larra intenta convencer a Don Mateo Prats de la conveniencia política del matrimonio de su hija y Baltasar. Escuchemos:

> Obligado por estos agitadísimos tiempos a la necesidad de que usted, mi muy querido y digno amigo y señor, apruebe el magnífico matrimonio de su muy delicada y querida hija con el ciudadano libre Baltasar Montañez, y todo ello por harto imperiosa razón de estado, me sirvo a la refe-

rencia de algunas agravancias y circunstancias que me llevan a la decidida certeza de que tal unión es la máxima garantía de paz y sosiego en los venideros lustros.

La unión de Baltasar y Josefina –bendita por las rosas que los ángeles del cielo altísimo derramarán sobre este durísimo trópico– logrará aplacar las tempestades de violencia que han azotado –en los últimos diez lustros de nuestro Señor Jesucristo desde el diabólico y muy rudo levantamiento de aquel Ramón Montañez– el buen orden de nuestra bendita monarquía insular. El matrimonio logrará fecundar en la negrada una muy poderosa fantasía, ilusa igualdad que por falsaria los sujetará más gravemente. Para ellos será una apoteósica victoria el ver a uno de los suyos lograr estado a las altas esferas del universo dispuesto por Dios Padre Celestial. Nuestra sutil razón de buen gobierno nos eleva entendimiento a que este matrimonio logrará en la oscura negrada ese estado de concupiscente euforia que aturde a las razas inferiores, y les hace perder alerta conciencia de su condición. Debemos celebrar estas dignísimas bodas con magnífica celebración en que la suma negrada pierda –en el lujurioso entretenimiento, en el alcohol destilado de la caña que llaman angelito y la danza que llaman algo así como el macumbe– su fuerte impulso de levantamiento. Y así estos pobres del Señor volverán al buen camino, ciegos por un triunfo que ha sido muy grande derrota, las toscas cabezas llenas de fantasía que conjugan el placer y la venganza; pero que no han sido sino las muy frágiles ascuas de un fuego harto extinguido. Pero todas las muy ruidosas festivas anteriores estarán ceñidas y guardadas por una muy grande concentración de carabineros que reuniremos en la Plaza General y Cuartel de Gobierno. Lo que fue una vez temida revolución acabará en ebria y salvaje algarada; aquel fuego de Macavelo cuyas llamas devoradoras recuerdan los pedos del monje satánico llamado Lutero, y amenazaban la casa del Señor, será muy conjurado por este dulcísimo matrimonio que será como emblema de la cordial unión de las dos razas de esta plaza.

Menester no es que mucho le refiera a su excelencia el talante de Baltasar Montañez. Es aquel joven de buena especie negra que vuestra excelencia y este humilde servidor llevaron a la grande heroicidad con el muy piadoso milagro de las pasadas fiestas de San Pedro y San Pablo. El matrimonio con su dignísima hija será cúspide del muy alto monte que le hemos hecho subir para conveniencia política de la amadísima grey. Baltasar muestra buen, animoso y magnífico talante al emprender la suma liquidación de la muy demoníaca obra de su padre. Es feliz joven que ofrece su alto ánimo a la muy santificada empresa de engañar a su inferior gente, y ello dispuesto con muy cínica mente que repugna aún dentro del absoluto bien que nos depara. Una vez conversaba con este muy oportuno traidor que halaga nuestra poderosísima monarquía; pero no por lo anterior dicho eleva su estado sobre aquel de la serpiente que se arrastra en el oscuro silencio, y pica con la sorpresa, buitre digno de aquel que se llamó Antonio Pérez, y quedé muy caído en asombro cuando hizo voz de los siguientes dichos: "Yo muy servidor, odio a mi pueblo. Y ello como secuela del intenso amor que sentí por mi padre. Allí cuando mi padre fue matado, estuve presente en el escarmiento. Fue cuando mi padre quedó hecho un destrozo sobre las peñas del batiente; sus humores todos hicieron desparramo sobre el roquedal, mientras que la negrada permanecía allí, oscura, impasible, silenciosa, sin decir palabra de protesta. Fue entonces que grité, y corrí hacia los restos de mi padre. Pero los muy fuertes soldados me sujetaron. Y mi ánimo lloraba tanto como el de mi madre. Fue en aquel día y suceso que decidí hundirle el rostro en barro a mi odiada gente. Y llevo en mi gran entraña el deseo de odiar lo más amado por mi querido padre. En mi notable traición lo amo y hago su venganza; pero también me hundo en su mudo odio y desprecio. Y todo el dolor porque él considera a otro su enemigo". Ya puede su excelencia destacar el ingenio de nuestro Baltasar, y lo que es de mayor cuido, es un ánimo falto de esperanza muy decidido a vengar a su padre, venganza volcada sobre aquellos que por la santa docilidad y temor lo llevaron al muy piadoso escarmiento. Es alto ingenio que odia su oscurísima piel, y de su muy demoniaca compulsión sale fuego para su gente, pero muy inofensiva condición de rosas para nuestra amadísima monarquía.

Ya le he participado con justificación canónica que el matrimonio de gesto a realizarse no tendrá valor sacramental alguno. Ante los ojos del supremo hacedor su hija amadísima no se casará con el muy impiadoso Baltasar Montañez. El desposorio será de muy exclusiva intención física. Todos los gestos litúrgicos serán realizados; pero ninguna de las intenciones divinas y sacramentales. Tan pronto finalice el periodo de fiestas carnavalescas, su hija será liberada de la presencia abominable para su gusto del negro. Y ese hijo de aquel demonio arrogante que tenía ojos que lanzaban fuego, comenzará su dilatado matrimonio con las sombras del laberinto de piedra que es nuestra católica y bendita fortaleza de San Felipe del Morro.

Pero estas palabras no revelan las ocultas y verdaderas intenciones de Larra. Inmediatamente después de la ceremonia nupcial –que se celebró en el Palacio de Santa Catalina el 1 de junio de 1753– Baltasar contrarió –secuestrando a su joven y temerosa esposa– aquel velado dolo del Obispo Larra. He dicho secuestro porque así lo entendió aquella temerosa sociedad que se refleja en esta crónica de Don Rafael Contreras:

Y luego de la engalanada aparición de la insigne pareja, el joven desposado Don Baltasar Montañez se dirigió a su negrada. De aquella muchedumbre harapienta y maloliente se desprendía un vaho espeso de aguardiente que llaman angelito y muy concupiscentes humores. Por decreto de gobernación se había extendido licencia de baile en las calles y existencias ilimitadas de angelito –que es poderosísima y diabólica bebida fabricada con aguardiente de caña, agua de coco y fermento de piña– a fondo perdido. Pero volvamos a la relación de aquellos muy graves sucesos. El negro Baltasar le habló a su pueblo, y allí dijo que bajaría con su esposa a celebrar la inmensa dicha que colmaba su corazón. En el momento en que hacía este muy sorprendente anuncio, noté cómo el Obispo Larra dibujaba en su rostro una muy irónica sonrisa, que quería decir, según el entendimiento de todos los ingenios que allí estaban, que Baltasar le había ganado la primera partida en el delicado juego de ajedrez que es la conservación del poder. Y todo ello queda referido así porque eran muy notorias –entre los círculos del poder insular– las intenciones del Obispo Larra luego de las sacratísimas nupcias. El muy excelentísimo Obispo Larra pretendía arrestar y encarcelar luego de la muy halagada boda, al negro Baltasar Montañez. Pero ahora, con el héroe popular celebrando con su pueblo, ese arresto tan sólo era posible al pagar el gravísimo precio de una muy grande y sangrienta revuelta.

Don Rafael, claro está, se equivoca en la interpretación que hace de la sonrisa del Obispo Larra. Hubiera sido absurdo que Larra encarcelara a Baltasar justamente en el momento en que éste se encontraba en la mejor coyuntura para realizar la deseada paz entre las razas. Larra disimuló, con cuidadoso dolo, un acuerdo pactado con Baltasar, a saber, el héroe de la negrada llevaría a la tímida Josefina al seno de la celebración negra. Las palabras de su carta al Secretario General Prats están llenas de falsedad y engaño. Con ellas pretendía tranquilizar al Secretario Prats, hombre que todavía gozaba de influencia y simpatía en la jefatura colonial. El Obispo Larra también extendió entre sus colaboradores más próximos la creencia de que encarcelaría a Baltasar después de la ceremonia. Pretendía con ello alejar de sí cualquier acusación de culpa en el momento de máximo rebajamiento de la niña Josefina. Todo el mundo entendía, como Don Rafael Contreras, que el precio del arresto sería la revuelta de la negrada borracha. El Obispo Larra –fino sicólogo como todos los confesores– consideraba que aunque el encarcelamiento resultaba incongruente con los fines del matrimonio aprobado por sus allegados, éstos terminarían, por miedo a Baltasar y las consecuencias de aquella aventurada política, deseando creer la fábula. Este deseo de creer tendía un velo en torno a las verdaderas intenciones del Obispo. Todos temían aquel siniestro desposorio que rebajaba a la más delicada flor de su raza, y desearon creer (y por ello al fin creyeron) que todo el poder caería sobre el idólatra y sacrílego negrito. Pero, al mismo tiempo, comprendían que ese poder se refrenase, en la persona del Obispo Larra, una vez que existía la posibilidad de un gran derramamiento de sangre blanca. Esta situación sicológica queda resumida en este poema de Alejandro Juliá Marín llamado *El Obispo cultiva:*

> De ellos se apodera el miedo que todo poder pretende llevar al olvido.
>
> Horribles escenas de niños asesinados, mujeres violadas y hombres castrados se suceden, una y otra vez, cuando llegan con el alba largas caravanas de carromatos negros.
>
> "Es como un río que hemos desatado en todos sus posibles e infinitos cauces. Y nosotros, de tan blanca tez, tan solos, ya víctimas del sudor que corre desde los cañaverales..."
>
> Entonces creen con religioso fervor en la promesa de poder que el Obispo Larra les ha hecho: "Baltasar será encarcelado luego de celebradas las bodas..."

Ahora bien, ¿cómo fue posible que el Obispo Larra accediera a la humillación de la niña Josefina? Podemos imaginar la indignación que causó, entre la población blanca, el escándalo de aquella delicada adolescente rodeada por la negrada ebria y danzante, arrastrada por las calles olientes al sudor frenético de los macumberos. Sin lugar a dudas, el Obispo Larra reconocía en aquel gesto de Baltasar un peligro para su política. Fue Baltasar quien decidió celebrar sus nupcias con la humillación de Josefina. Aquella bizarría la impuso él; y el Obispo Larra tuvo que aceptar –evitando peores consecuencias– esta prematura rebeldía del instrumento de su *raison d'etat.* El Obispo Larra consideraba la humillación de la niña Josefina parte del precio a pagarse por la deseada paz. El negro Baltasar reconocía su poder, ya que era mediador entre las dos razas, confluencia del mutuo temor que miradas de blancos y negros reflejaban. Sobre este poder que Baltasar reconoció muy pronto en su destino, Alejandro Juliá Marín ha escrito la siguiente meditación:

Baltasar, el más poderoso

Hay un pecho donde el miedo se encuentra con una sonrisa: allí reside el poder.

Un gesto de Baltasar y la sangre azotaría la plaza. Pero este joven cínico piensa: más que la libertad ellos anhelan un sueño, una fantasía que cumpla sus más arcanos deseos.

(La niña –manchado su traje blanco– se asusta, desfallece y llora al sentir el azote del pubis que los tambores encienden. A su lado, Baltasar saluda, lanza una risotada que retumba contra la noche añil, y agarra las nalgas de la prieta María Asunción.)

Pero si él desaparece, si el sueño realizado se hace invisible, la negrada lucharía por su derecho a humillar. Y olvidarían el miedo, y encontrarían a unos pocos, y no tan poderosos.

Así juega Baltasar con las pasiones de los hombres, así de poderoso es.

Otro testimonio literario de este prematuro triunfo de Baltasar sobre los designios del Obispo Larra lo encontramos en el drama de Alejandro Juliá Marín titulado *El héroe Baltasar.* A continuación les leeré un extracto de la escena en que la voluntad de Baltasar prevalece sobre la política del Obispo Larra:

ACTO I, ESCENA III

(Después de la boda, en el despacho de Larra)

BALTASAR.– Mi querido prelado, cometería usted un grave error al negarse. De mí depende la paz de esta plaza...

EL OBISPO LARRA.– *(Visiblemente exaltado.)* Pero ¿qué bajo placer deriva usted humillando a la mujer que ya es su legítima esposa?...

BALTASAR.– Por favor, señor prelado, en mi caso no es menester la divulgación del mito.

EL OBISPO LARRA.– *(Un poco turbado.)* ¿No ve usted que la humillación de la niña Josefina significaría una grave ofensa para la población blanca?, y ello representará gravísimos peligros para nuestra política...

BALTASAR.– Para su política, mi querido prelado.

EL OBISPO LARRA.– Como usted quiera; pero recuerde que si la indignación de las autoridades colma la copa, usted será la primera víctima de nuestra represión.

BALTASAR.– No es necesaria la advertencia; pero debe usted comprender que mi caída del poder significará la más sangrienta revuelta que jamás haya visto esta colonia. ¿Se asusta ante la eficacia de su mito?

EL OBISPO LARRA.– *(Recobrando su serenidad.)* Baltasar, Baltasar... No vuele tan alto; no quiera ser dueño de tantas vidas. Ya sé que la soberbia acompaña al poder; pero proporcione aquella al tamaño de éste, no sea que...

BALTASAR.– No intente disimular su derrota. Soy el hombre más poderoso de toda la estancia, y usted, hombre avezado a estas artes, lo sabe muy bien. ¿Por qué soy el más poderoso? Pues le diré: conozco el miedo que ustedes sienten cada vez que miran a un negro, y puedo lograr, con un gesto, o con mi martirio, una gran cacería de blancos. Mi pueblo está ahí afuera: borracho de alegría porque humillará a uno de los odiados. No seré yo quien le niegue ese placer a estas bestias. El total de negros en la ciudad excede a la población blanca en proporción de siete a uno. Vea usted, mi queridísimo prelado, que soy el dueño de vidas y haciendas. Mi pueblo humillará a la niña que ustedes me han lanzado como un hueso. Sólo usted ha querido este sacrificio.

EL OBISPO LARRA.– *(Muy alterado.)* Baltasar, Josefina no puede bajar a la calle. No se atreva a realizar esa horrible humillación. Ello crearía una situación insostenible para una política que es la única esperanza de paz. Si las autoridades se tornan en su contra, el desenlace, tanto para su pueblo como para el mío, será la más terrible destrucción.

BALTASAR.– Esas consideraciones no me interesan. Me interesa humillar a los blancos, a los verdugos de mi padre, y también a la negrada que colaboró con el silencio.

EL OBISPO LARRA.– Y ¿cómo pretende humillar a los suyos?

BALTASAR.– Haciéndoles posible la humillación, que es el único desquite que pueden concebir. La humillación del blanco es la única libertad que desea el negro.

EL OBISPO LARRA.– Pertenece usted a los más temibles humanos. Su lógica es implacable, y no se compadece de las muy humanas debilidades.

BALTASAR.– Tiene usted razón, mi querido prelado. Me limito a jugar con las pasiones ajenas. La vida de los hombres no es para mí un reclamo de compasión, sino la oportunidad de ejercitar mis habilidades. Pensé que le agradaban los juegos intelectuales; acepto mi equivocación.

EL OBISPO LARRA.– *(Con impotente solemnidad.)* Agota usted mi paciencia.

BALTASAR.– Será mejor que refrene sus pasiones. Si algún infortunio cayera sobre mí, la negrada comenzará la destrucción, ¡soy dueño, fantasía y culminación de sus perversos deseos! Y lucharán sin piedad... El arrastre de Josefina es bajo precio por la vida de su raza.

El 7 de junio de 1753 apareció en las calles de San Juan la siguiente noticia anónima:

Ha sido grande pena y oprobio de esta plaza el matrimonio espurio de la niña Josefina, hija del muy dignísimo Señor nuestro Don Tomás Mateo Prats, hoy encarcelado por haber cumplido a fidelidad y socorro la encomienda divina de velar por vida y honor de los hijos. Pena de alta significancia ha sido para esta muy frágil flor el haberse tenido que poner en situación de sonado desposorio y casamiento, obligada por la impía razón de estado del Obispo Larra, con un negro esclavo indigno de casarse con la más liviana mujer de su propia y rebajada raza. Ignominia suma ha sido el encarcelamiento de Don Tomás Mateo Prats, muy Serenísimo Señor verdadero de esta plaza, harto dolido padre cuyo muy solitario pecado ha sido defender la intachable pureza y honra de su muy querida hija. Todo este universal sufrimiento lo debemos a la muy maquiavélica razón de estado de este Obispo de los infiernos, de este Richiliú vicario de Satanás, encarnación del monje que tenía lengua de víbora y grande ruidoso ojo trasero, dolo de la inflamada maldad de los políticos que sacrifican a Cristo al Moloc de los estados.

El 12 de junio se reanudó el ataque al Obispo Larra. Su política se debilitaba: el matrimonio causó una ola de indignación entre la población blanca; todos los ataques iban dirigidos al Obispo, quien era acusado del más impío maquiavelismo, calificado de traidor a su raza y religión. Fue entonces que apareció el notorio anónimo "Noticia del arrastre", relato de cómo la niña Josefina fue obligada a participar en la frenética celebración nupcial de la negrada:

> Lastimosa visión ha colmado mis ojos. La rosa de flor niña Josefina, aturdida por la música frenética de esta impúdica y salvaje raza de carbón, vaga por las calles junto a su criminal esposo, sus ojos cansadísimos de tanto diabólico insulto, sus ropas manchadas por la ignominiosa afrenta de todas aquellas muchas manos que más son de simios que de hombres. Y al lado de las harto virginales y blancas margaritas de sus manos, retumban las negras pezuñas sobre los tensos cueros de los tambores. La niña guardada por el más celoso decoro, por la más discreta de las crianzas, ha sido arrastrada, ya por una larga y tortuosa semana, a través de esos ríos de negros ebrios y danzantes que componen la muy lastimosa estancia de nuestra amada plaza. No hay rincón, plazoleta o zaguán donde no se encuentren los simios echados por la embriaguez que ha posibilitado, gracias a luciferinas torpezas del Obispo Larra, el mal gobierno de esta buena plaza. Y ello queda testimoniado así; porque en muchas esquinas se encuentran grandes carromatos con muy altos barriles de la bebida llamada angelito, que es muy tosco fermento que nutre la bestialidad de esta raza. Por doquier se encuentran cientos de negros arremolinados en alrededor de estos grandísimos barriles, que son como las vejigas del propio Satanás. Y gran asco causa ver cómo se alzan, frenéticas las manos y violentos los cuerpos, los negros para recibir en sus nauseabundos coquitos el basto angelito, provisto por Maquiavelo mismo, que pone tan en peligro la dulce paz del Señor de los Cielos y la Tierra.

¿Cuándo pasará tan desenfrenada locura? ¿Cuándo Satanás no tentará ya más el salvajismo de esta baja gente? Pero al muy grande insulto le debemos añadir el infame oprobio, y ello porque cuando la niña Josefina se acerca, en su tristísimo peregrinar por el barro, dos o muchos negritos gritan ¡Ya viene! ¡Ya viene!, y entonces abandonan los tambores, el maldito angelito, distraen su atención de los carromatos, y se acercan en tumulto lanzando sucios insultos, y también blasfemias dichas en lengua de África, y le mueven impudorosamente el cuerpo ante los delicadísimos astros de esta niña que fue el más bello adorno de nuestra autoridad insular.

Pero todo lo anteriormente referido ha sido vano lamento, si las autoridades y los buenos ciudadanos de esta plaza no deciden acabar con la tiranía de los inferiores simios, y restablecer la razón como divina rectora de nuestra cristiana hegemonía.

¿Quién fue el autor de esta "Noticia del arrastre"? ¿Quién deseaba incendiar la indignación de los blancos? Alguien pretendía iniciar una revuelta de blancos contra los nuevos amos de la plaza, contra aquella ebria masa de negros que amenazaba destruir el orden establecido. Pues bien, el autor fue Baltasar Montañez, ni más ni menos. Recuerden esta última frase –¡tan familiar!– del penúltimo párrafo: "el más bello adorno de nuestra autoridad insular". Equivale este giro a la firma de nuestro entreverado héroe. Perverso placer el que derivaba este hombre al jugar con fuego junto a un inmenso barril de pólvora. Jugando una sangrienta confrontación entre blancos y negros, Baltasar intentaba vengar la muerte de su padre. He dicho jugando porque considero que para Baltasar el poder tenía un sentido lúdico, que consistía en incitar las pasiones y luego contemplar, con cínica sonrisa, como un Dios que está por encima de los preciados motivos humanos, la inutilidad de todo esfuerzo. Ahora bien, algunos de ustedes pensarán que la anterior prueba estilística es insuficiente para atribuirle la "Noticia del arrastre" a Baltasar. Adelanto, para esos escépticos, un hecho fehaciente: encontré, entre los papeles inéditos de Baltasar, un borrador del notorio anónimo. Exceptuando algunas partes omitidas en la versión final, este borrador nos revela el mismo juego sangriento.

Los dos anónimos anteriormente leídos provocaron violenta reacción en el Obispo Larra. En misiva al Gobernador Fernández Costa, el Obispo establece tres objetivos inmediatos para su política: 1. Arresto y encarcelamiento de los responsables de escribir los anónimos. 2. Encarcelamiento del Secretario Prats y los funcionarios que junto a él se oponen a una política que es "la única garantía de paz".[1] 3. Permitir el arrastre de la niña Josefina, y no intervenir militarmente. Leamos, a continuación, aquella encendida carta en que toda la jesuítica contención de Larra parece flaquear:

Muy dignísimo Gobernador de esta plaza:

A continuación encontrará, si su muy respetada voluntad así lo desea, aquellas resoluciones que estimo necesarias para el mantenimiento de la paz en esta nuestra querida plaza de San Juan Bautista. Como muy breve puede ser el tiempo que nos depare todas las grandes desgracias que tanto tememos, procederé —haciendo altos votos de claridad y distinción— a enumerar aquellos pensamientos políticos que espero ver realizados en firme acción tan pronto su muy estimada espada quede en conocimiento.

Procedo, y aconsejo el inmediato arresto y encarcelamiento de aquellos sediciosos que escribiendo y transmitiendo noticias engañosas sobre los hechos recientes que han ocupado a esta plaza, pretenden vulnerar la paz y tranquilidad tan celosamente lograda y conservada por

1. Se trata aquí del encarcelamiento de don Tomás Mateo Prats en San Felipe del Morro. Con anterioridad a esta orden estaba detenido en domicilio en su casa de la Caleta de la Santa Cruz, hoy de Las Monjas. Con esta orden el Secretario Prats sería encarcelado con "guardia especial de carabineros". Esta orden del Obispo Larra posiblemente fue motivada por un deterioro en la confianza de que gozaba entre varios funcionarios de la burocracia colonial. Acompañaron a Mateo Prats los posibles conspiradores don Manuel del Valle Aznar, don Sebastián Figueroa Vicente y don Blas Foix.

aquellas humildísimas cabezas sobre las cuales ha recaído la gravísima obligación de encaminar, a correcto y santo modo, a la amadísima grey.

Procedo, y aconsejo el encarcelamiento del una vez Secretario de Gobierno Don Tomás Mateo Prats, y los señores Don Manuel del Valle Aznar, Don Sebastián Figueroa Vicente y Don Blas Foix. Todos los súbditos antes referidos se oponen a aquellas muy nobles decisiones que han restaurado la paz entre las dos razas que habitan esta nuestra amada plaza; y tentando la paciencia de los cielos se han manifestado pública y secretamente contra una política que es única garantía de paz. Dichas manifestaciones equivalen –dado el delicado momento que ha recaído sobre la responsabilidad del gobierno, y también sobre las autoridades generales y eclesiásticas– a un muy vil atentado contra el sacratísimo orden establecido, y cabe, por ello y tanto, la muy gravísima acusación de sedición, que requiere en su espíritu condenatorio y punitivo encarcelamiento inmediato hasta próxima consideración del muy digno tribunal de Indias, con magnífica sede en la Ciudad Primada de la Nueva España.

Procedo, y aconsejo que no se intervenga militarmente para contener las alegres festivas populares que ocupan nuestra plaza con motivo del bienaventurado enlace matrimonial entre Don Baltasar Montañez y Doña Josefina Prats. Aconsejo particular prudencia en la custodia que se haga de la niña Josefina, y ello, sobre todo, en aquellas instancias en que la alegría popular se le manifieste a ella con la generosidad que guarda con su amadísimo esposo. Tome especial cuidado en referir órdenes inequívocas a la guardia de caballería destinada a la custodia, y manifieste especial empeño en tener fe de la absoluta lealtad y confianza de los referidos.

Adelanto a mi Señor Gobernador los ya enunciados consejos de estado, y espero su pronta ejecución por benevolencia de su gobernación para mi amada grey.

Con sello y custodia de cargo episcopal, le sirve todo lo anterior su humilde vasallo,

Don Rafael Larra,

Obispo Titular de la Plaza de San Juan de Puerto Rico,

hoy día 15 de junio del año 1753 de Nuestro Señor Jesucristo.

La respuesta del Gobernador Fernández Costa ilustra el gran poder del Obispo Larra dentro de la jerarquía colonial. Podemos asegurar, sin miedo a equivocarnos, que Larra tenía un cargo equivalente al de Primer Ministro de Gobernación. La carta de Fernández Costa reconoce, y lleva a la ejecución, los tres puntos de la política de apaciguamiento del Obispo Larra. A continuación les leeré este singular documento de acatamiento político:

> Muy queridísimo Señor Pastor de nuestra amada plaza:
>
> Queda todo lo aconsejado por su Excelencia referido a la acción y celoso desempeño de la civil autoridad de esta plaza. Es con buena dispuesta que le reitero el apoyo incondicional del gobierno militar de esta plaza a su muy ingeniosa y feliz política de apaciguamiento y contención de las dos principales razas. Hago solemne voto en ocupar, por derecho y situación de armas, el desempeño de la más extremada vigilancia en todos aquellos casos en que súbditos particulares atenten contra la paz tan celosamente guardada por su persona.
>
> Todo lo antes referido queda en ejecución.

El Obispo Larra siempre tuvo especial cuidado en agenciarse el respaldo de las fuerzas armadas estacionadas en nuestra plaza militar de San Juan. En este apoyo residía todo su poder; pero recordemos que con las bayonetas se puede hacer todo menos sentarse sobre ellas. En misiva del propio gobernador Fernández Costa con fecha del 17 de junio de 1753, se hace clara alusión a la crisis que ha causado, entre el mando militar, la tercera disposición, es decir, la tocante a la prudente protección de Josefina Montañez:

> Muy Señor Pastor de nuestra amada grey:
>
> Cumpliendo con la voluntad de paz que anima nuestras ejecutorias, hacemos suma de lo aconsejado por su señoría en anterior misiva.
>
> Procede ya el gobierno civil al arresto de los sediciosos que transmi-

ten engañosas, falsarias y dañinas noticias sobre los muy recientes y festivos sucesos de esta plaza.

Procede ya el arresto y encarcelamiento de Don Tomás Mateo Prats y sus allegados en sedición. Dicho sujeto ha sido relevado de su antigua detención domiciliaria para ser puesto en situación de barras e incomunicación.[2]

Procede la protección de la Sra. Josefina Montañez. Pero es con muy profunda lástima que allego a sus oídos la grande triste noticia de la resistencia con que su referida orden ha sido recibida entre nuestro muy magnífico cuerpo de caballería. El joven y continentoso oficial Rodríguez Mora se ha negado a participar en la custodia, a menos que no se le extienda muy amplio criterio de actuación, y todo ello atenta contra el sabio espíritu de sus muy prudentes órdenes. Dicho oficial –uno de los mejores de nuestro amado cuerpo de jinetes– ha sido puesto en militar custodia hasta que renuncie a su postura o, de persistir en ella, nos obligue a juicio de armas. El joven oficial ha sido tratado con prudentísima benevolencia y esperamos su aprobación de esta nuestra política, debido a que circunstancias de muy personal categoría –el joven fue en reciente ocasión prometido de Doña Josefina Montañez– le han podido alterar su mejor juicio. Y por todo lo anterior ha quedado en suspenso la orden de arresto oficial de mando. Espero de su sabio agrado sean las anteriores resoluciones.

Muy suyo,

Don José Fernández Costa,

Gobernador pleno de la plaza de San Juan de Puerto Rico.

El Obispo Larra encontró graves obstáculos a su política. El oficial rebelde que menciona Fernández Costa fue castigado con ejecución de sitio[3] al querer amotinar, junto a otros oficiales, la guarnición de San Cristóbal, sitio donde se encontraba detenido. La apreciación de Fernández Costa en el sentido de que Mora per-

2. Quiere decir en el lenguaje oficial del siglo XVIII: encarcelamiento en mazmorra de plaza fuerte o presidio. 3. Pasado por las armas al "promover revuelta y atentar con armas contra la autoridad".

dió el juicio al contemplar la desgracia de su prometida parece correcta; pero hasta ahora no tenemos prueba documental de dichas relaciones. Al enterarse de la muerte del joven, el Obispo Larra le escribe al gobernador Costa:

> Joven es la sangre que se derrama en desperdicio por querencias propias y no por el muy supremo bien general. Es propio del muy imberbe despreciar, desde su única y obsesa pasión, aquellas buenas razones que evitan lo peor en la torcida voluntad de los hombres. Es propio del bárbaro acudir sólo a su visión alimentada por la soberbia; desatendiendo, de este muy burdo modo, el cuido sublime de templanza que todos estamos obligados a ofrecerle a la bestia que habita en el fondo de cada humano.

Convulsas palabras del Obispo Larra. Palabras quizás incomprendidas por Fernández Costa; pero que nos ayudarán, en las próximas conferencias, a desentrañar el misterio de Baltasar Montañez. Sí, porque estas palabras, aunque dichas en ocasión de la muerte de Mora, provienen de la experiencia de Larra con el *enfant terrible* de Baltasar. Antes de cerrar esta primera conferencia, deseo leerles un poema en prosa de Alejandro Juliá Marín sobre el arrastre de la niña Josefina. Dicho poema nos ofrece una visión aguda del suceso que simboliza todas aquellas encontradas pasiones:

Embriaguez

INOCENCIA.– ¡Baltasar!, ¿qué has hecho con la más delicada de las flores? La has arrastrado por el fango; has humillado su pureza.

BALTASAR.– Eres voz engañosa. ¿Cómo puedes existir? Nacimos víctimas o victimarios. Somos culpables de gozar el sudor, la herida ajena; perpetuamos con el miedo el sufrimiento de los hombres. Eres un espectro, o mejor, una quimera imposible y burlona. Sólo existe la embriaguez del poder o la esclavitud.

INOCENCIA.— Oye mi voz: confía en lo que todos los hombres consideran prueba de certeza. No dudes de tu carne... Pero no es ello lo que más me importa. Quisiera preguntarte: Y tú ¿qué eres?... ¿esclavo, o poderoso?

DIOS.— O eres el más vil de los hombres ¡maldito! Aquel que renuncia a las humanas pasiones para alcanzar una idea exacta del mundo mundo. Aquel que pretende una pureza embriagada de culpa, aquel que ostenta una inocencia demasiado lúcida. Aquel que renunciando a mi obligada compasión me saca alguna ventaja, y vuela sobre mis canas. ¡Maldito seas!

BALTASAR.— ¡Viejo estúpido y sentimental! Soy un diestro del miedo. Unos quieren salvar el honor de su raza; los otros quieren humillar; pero todos temen horribles escenas de muerte y desolación. Y también los blancos quieren la paz... Soy el cruce de tres quimeras, de tres pasadas fantasías: honor, paz y humillación, las tres cabezas de la esclavitud. Hay un presentimiento de sangre, una voluntad de implacable dominio; pero el miedo ahoga y se conforman con una ilusión de poder que tiene mi gesto. ¿Quién dirá que el miedo pudo tanto? Una vez que las mujeres preñadas han sido pateadas, y los hombres castrados, ¿quién recuerda entonces el miedo que una vez, por largos silencios, contuvo a la única bestia, la que no puede reclamar inocencia?

Todo esto pensó aquel Baltasar Montañez; quizás no con tanta simetría... Recordemos que las noches eran comparsas de angelito y macumbé, y muchas veces la carne se declaraba convulsa. Pero digo que el abandono también engendra monstruos sutiles. Y añado que Baltasar comienza ya su discurso.

ALEJANDRO JULIÁ MARÍN

II

MUY BUENAS NOCHES, queridos amigos. Vuelve a reclamar nuestra atención y estudio la misteriosa figura de Baltasar Montañez. Descifrar su oscura vida es permanecer en el más apretado círculo de hechos y posibilidades históricas. El adentramiento en su enigma tiene que ser lento y cuidadoso; sólo así lograremos reconocer en su rostro el nuestro, descubrir en su vida un testimonio de realidades profundamente humanas. Esta noche investigaremos uno de los aspectos más interesantes de su vida: me refiero a su renuncia. ¿En qué consistió esa renuncia? Antes de empezar a contestar la pregunta, debemos continuar ofreciendo una relación somera de los hechos que ocuparon su vida. Será desde aquí que comenzaremos a escudriñar el sentido que tuvo su actitud de renuncia al poder, y la posibilidad de lograr la paz en aquel convulso momento que le tocó vivir.

Luego del encarcelamiento de Don Tomás Mateo Prats, Baltasar Montañez fue nombrado Secretario del Gobierno. En el capítulo x de mi *Historia y guía de San Juan,* señalaba que García Gutiérrez, en su *Breve historia del siglo XVIII,* fija como fecha de la subida de Baltasar al poder el año 1762, es decir, luego de la muerte de su suegro. La documentación más reciente, y el conocimiento profundo que ya tenemos de aquellos años, nos obligan a rechazar esta fecha de Don Rafael. Baltasar fue investido con el poder de Secretario del Gobierno tan pronto fue encarcelado su suegro, y ello fue en el año 1753. También señalábamos, en la referida *Historia y guía,* que Baltasar comenzó la concepción del famoso Jardín de los Infortunios hacia el año 1761. Hoy rectificamos esta aseveración: Baltasar concibió su Jardín en el año 1754. De esta temprana fecha es la siguiente carta de Baltasar al Obispo Larra:

Mi amado Señor y Pastor:

Es con suma deleitosa esperanza que le comunico, por medio de la presente, un sueño que significará y traerá mucho bien a nuestra querida plaza. Se trata de un sueño que me ha introducido en el ánimo y la voluntad la maravillosa idea de un inexpugnable sistema defensivo para nuestra amada ciudad. Adelanto aquel maravilloso mensaje de los cielos, esta revelación divina que hará de nuestra plaza el más leal y fuerte bastión de nuestro Señor Común, Su Majestad Carlos III, rey de las Españas, Indias y Mares.

Un ángel voló a mi cabeza dormida, y allí depositó, entre los dulces y apacibles momentos de la aurora, la siguiente y muy deleitosa visión: Iba de paseo por un umbroso y entretenido coto el muy insigne Don Baltasar Montañez, Secretario del Gobierno de la muy formidable Plaza de San Juan y Excelencia de las Indias. A su derredor los pajarillos del bosque halagaban con sus más melodiosos y dulces cánticos. La espesura del bosque se movía a la brisa con susurro que dormía los sentidos, y volcaba en infinitas sensaciones de placer el alma de aquel muy grande Señor que apenas podía sostener, del arrobo producido por tanta belleza, las riendas de su formidable equino. De pronto fue revelándose ante sus admirados ojos la visión de un hermoso y acicalado jardín. Y se adentró con su acompañante bestia en un formidable rincón de laberintos con altos setos, redondeles de las altas palmas llamadas reales y toda especie de prodigios vegetales. Era una visión de lo que nosotros los cristianos llamamos el Paraíso Terrenal antes de la caída de aquel desdichado que fue nuestro primer padre. Pero como en aquél, también en éste se escondía la fruta de la discordia y la maldad tras el bello ropaje de las flores, los pajarillos, la luz del sol entreverada por verdes hojas y frondas de muy rica exuberancia. Satanás enseñó su pezuña entre tanta belleza. Y sucedió que el muy insigne Don Baltasar Montañez cayó en una gran trampa tendida por Dios sabrá que malévola mano, y allí encontró su muerte porque la fosa que abría sus viles fauces vomitaba miles de hormigas carnívoras que en pocos tiempos dejaron en esqueleto a bestia y hombre. Fue entonces cuando aquel que se llamó Don Baltasar Montañez tuvo una formidable revelación, que fue: aquel bello jardín era de infortunio, y no era otra cosa que el más feroz campo de batalla, el que lleva a la segura muerte luego de atraer con la más formidable belleza. Y éste fue el último pensamiento de aquel noble varón, que ya oía sobre el techo de su musa el paso de los hormigones y el repiqueteo de su magnífica dentadura.

Y fue este sueño el que me ha llevado a disponer un Jardín de los Infortunios que proteja nuestra muy preciada soberanía. Será plantado como defensa militar en el mesetón del Morro, y consistirá de los más apacibles rincones que ocultarán horribles trampas, fosas de inundación, depósitos de bichos venenosos y toda clase de inmundicias y muertes horribles. Dicho Jardín pertenecerá al sistema defensivo de murallas que se construye a la época presente, y semejante conjunto resultaría inexpugnable aún para el más formidable de los enemigos. Y de repente me atrevo a adelantarle la idea de que algún día todas nuestras costas gozarán de la defensa antes referida. Y ello será así porque lo más que nos ofrece esta isla es la oportunidad de que la naturaleza engañe y mate.

Este Jardín será aún más cruel que aquel que llevó a nuestros primeros padres al pecado. Porque era entonces la naturaleza muy inocente; pero desde aquel formidable suceso de los siglos se ha vuelto la más implacable fuerza contraria al hombre. Es sabido que las plantas, los árboles, las flores y el sol permanecen radiantes y rebosantes, o secas y escuras, sin gravitar importancia a la tristeza y alegría de las gentes. Un día de buena brisa y soleado puede encontrar vuestro ánimo escuro como tormenta de invierno. Y así sobre todo lo que colma nuestra vista pasan guerras, sufrimientos apenas reducidos a palabras; pero esos bellos paisajes, esos floridos prados que probaron la sangre y escucharon los gritos de hombres desdichados en el olvido, se remozan con el agua, el viento, y a los pocos años un inadvertido visitante recibirá incrédulo las noticias de una lejana guerra que desoló hasta las más escondidas raíces de la muy menuda yerba. Y es por ello que digo que la naturaleza ya no se entera de nosotros después del pecado de aquellos nuestros primeros padres. La vanidad de los hombres es borrada cruelmente por el paso de las estaciones, y la eterna renovación de fauna y flora. De este modo la naturaleza no se entera de los principios, creencias y muy firmes propósitos que llevan a los hombres a la matanza; y ella con muy impía crueldad hace imposible que los hombres recuerden los hechos gloriosos o nefastos de los antiguos siglos. Y es por ello que para saber de los romanos no viaja el curioso a los campos donde se derramó la sangre de los hijos de aquella poderosísima nación, sino que el sabio se dirige a las ruinas de los grandes magníficos monumentos que han quedado en el paisaje de la muy ilustre y santa ciudad de Roma. Y yo diría que los hombres recuerdan por las ruinosas piedras de las antiguas ciudades porque los hombres mismos las han obligado a halagar su vanidad. De este muy sorprendente modo de lograr memorias en la piedra –a fuego y sangre, pólvora restallante de cañones y arcabuces– el hombre logra sólo la compasión de tanta dureza, un frío halago que condesciende a su muy natural vanidad. De aquí que toda la vida de los hombres gire en torno a la total indiferencia de la masa vegetativa, de la masa mineral y de la masa humana, ya que es harto natural en un hombre comer con gusto y sabrosa delectación mientras un hambriento pordiosero extiende su gafa, vacía y trémula mano. Y resumo todas las anteriores sutilezas asegurando que el hombre no busca la historia de sus antiguos en los verdes prados o bellos lagos que provocan suma delectación en presente, sino en las ruinosas ciudades, itinerario de la vanidad de los hombres, depósito y guardián del sufrimiento de culpables e inocentes.

Y es por todas las muy juiciosas razones anteriores que he concebido el Jardín de los Infortunios como el más cruel y efectivo medio de hacer la guerra. Y digo que en adelante quedo a humilde disposición en lo que verá con este noble y muy valioso pensamiento.

Se prefigura aquí el Baltasar visionario que será objeto de nuestra indagadora mirada. Notemos el tono exaltado, casi místico, que emplea Baltasar para relatar su visión y convencer al Obispo Larra de la viabilidad de su proyecto. En su libro *Hombres ilustres de nuestro siglo XVIII*, Rodríguez Pimentel señalaba que para el periodo de la concepción de la idea del Jardín –establecida incorrectamente por él entre los años 1765-1766– Baltasar sufría de sífilis cerebral, y que dicho mal lo llevaba a una progresiva pérdida de la razón. El Jardín de los Infortunios es –según Rodríguez Pimentel– el resultado de esta progresiva enajenación. ¿En qué se fundamentaba Rodríguez Pimentel para aseverar lo anterior? Principalmente en el tono enajenado y visionario de la Crónica y en una oscura noticia médica que habla de un síndrome sifilítico observado en Baltasar. En la noticia no se habla del mal francés; pero Rodríguez Pimentel desprende del cuadro sintomático el padecimiento. Considero que dicha deducción fue sumamente aventurada.

Son múltiples los testimonios que han quedado de la degeneración de Baltasar. Y al hablar de su degeneración no me refiero a la manifestación de la enfermedad antes mencionada, sino a la progresiva incapacidad de Baltasar para ejercer el poder que el artificio político de Larra le había conferido. Baltasar deja de ser el hombre de poder para lograr un estado contemplativo, una mirada tendida sobre la condición humana, y no sobre el esfuerzo que la sostiene. Este proceso va acompañado por la aparición de un personaje fascinante y misterioso: Juan Espinosa. El contacto con el arquitecto leproso fue para Baltasar la iniciación a su abandono del mundo y el poder, el comienzo del largo camino que lo llevaría a una comprensión que prescindiendo del poder y su fundamento, la compasión, resultaba de una fidelidad inclemente.

El itinerario de este cambio radical en el perfil humano queda destacado por un largo anecdotario y una entreverada documentación. Bástenos destacar aquello que, con el paso de los años, ha probado ser de la mayor utilidad para entender el carácter y la obra de Baltasar.

Hoy me detendré, al comenzar el paseo que nos llevará a la morada del segundo Baltasar, en una curiosidad bibliográfica poco conocida y comentada. Me refiero a una colección de dibujos de Juan Espinosa que hoy se guardan en el Archivo Municipal de San Juan. Estos dibujos no han sido estudiados y comentados debido a su escabrosa temática: los dibujos recogen diversas escenas de las orgías que Baltasar celebraba en las recónditas habitaciones del Palacio de Gobernación. Son importantes estos dibujos para descifrar la problemática humana del Baltasar que se casó con la "más bella flor de la sociedad insular" aquel 1 de junio de 1753. Desde el principio, aquel matrimonio estuvo marcado por la imposibilidad de una relación saludable: ella había sido obligada a casarse por razón de estado; él había accedido a este medio de liquidar la voluntad libertaria de su padre. El negrito era exaltado, honrado con la mano de una mujer blanca de alta condición; por ello deberá sentir agradecimiento. Pero Baltasar era demasiado inteligente para desempeñar un papel cuyos fines últimos él entendía muy bien. Se refugió inmediatamente en una actitud agresiva. El "arrastre" fue concebido por él como un medio de humillar al blanco, de satisfacer, en alguna medida, el anhelo de muchos negros cuyas mujeres habían sido ultrajadas por la caprichosa lujuria del amo; intentó manchar el traje de la niña blanca, plantar su semen en la víscera donde comienza y termina la honra hispánica. Ahora bien, el orgullo de Baltasar le impedía consumar el acto sexual con Josefina: se reconocía como un victimario despreciado por la víctima; su placer sería para Josefina la más dura humillación. Renunció carnalmente a su bella esposa; la relación carnal con ella lo convertía en poderoso humillado por el desprecio del débil. Y esa posibilidad de humillación surgía de su más profundo estrato sicológico: el miedo a una latente inclinación a reconocerse como inferior ante el amo blanco. El cuerpo de Josefina se convirtió en "tentación de inferioridad", según sus propias palabras. A lo largo de su diario encontramos testimonios de la sutil y equívoca actitud sexual de Baltasar hacia Josefina. De su diario, 4 de septiembre de 1753:

> Le he referido a mi confesor el dignísimo obispo Don José Larra, que todavía no he consumado matrimonio con mi honrada Doña Josefina Mateo Regoyos, y ese confesor me ha contestado con muy sutil sonrisa: "Has logrado con tu renuncia lo que Don Tomás temía traicionar con la suya".[1] Ambos reímos y celebramos aquella felicísima cápsula de ingenio; aquella noche no dormí, pensando que acompañaba al muy entreverado Don José en burla de mi condición. Y he aquí que así se adelantaron y sucedieron en mí un tropel de aprehensiones. ¿Quería decir aquella serpiente con mitra que yo, después de los muchos sucesos, servía a los deseos de un hombre que me despreciaba a razón de mi raza, o en otras letras, que conservaba intacta la virginidad de su hija, honrando como fiel esclavo el deseo del amo?"

El cinismo de Baltasar caía en terribles preguntas que se originaban en su velado sentimiento de inferioridad. En otro pasaje nos dice: "Jamás le he visto aquellas partes que el pudor ha desterrado al invento.[2] En mí aúlla el deseo de toda una raza; pero he aquí que no es un deseo de placer, sino de humillación. Y es por ello que temo al treparla una muy glácida mirada de odio que me haga notar la debilidad de mi intento..." Reconocía Baltasar la incapacidad del negro –depositario de las pasiones del esclavo y su

1. Debemos entender: Has logrado la pureza de Josefina con tu renuncia al contacto carnal; pureza que don Tomás, su padre, pretendía conservar al no renunciar a su definitiva postura: no permitir el matrimonio de su hija con Baltasar. 2. A la fantasía.

sicología– para lograr la humillación del blanco. Fue con cuidadoso esmero que Baltasar pretendió la humillación de Josefina sin lacerar el demoníaco orgullo que lo animaba. Y ello lo consiguió el 22 de febrero de 1754, cuando escribe en su diario:

> Y colocaré en su habitación una mirilla que dé a mi retiro de placer,[3] y será esta mirilla la permanente tentación en aquellas fantaseosas noches cuando mediando los oidores[4] su mente inventará los más deliciosos y rizados placeres de la carne. Oirá los rumores, el vivísimo jadeo que emiten los cuerpos convulsos por el inmenso placer que es el de la carne, y entonces deseará unirse a la orgía; pero será posible sólo por la mirada, y será ésta su dulce humillación, la que doblega su cuerpo a mi gran voluntad sin yo sufrir la persecución de sus ojos. Se logrará nuestro amor conyugal en un solitario placer que se debe a la música celestial de mi acompañado frenesí.

Veamos aquí el tono exaltado que marcará progresivamente el ánimo de Baltasar. Pero este tono exaltado no lo reduciremos a una causa fisiológica, sino a la progresiva lucha de Baltasar con su genio y visión. Comenzaremos este adentramiento en "el Baltasar loco" mediante estos testimonios plásticos de Juan Espinosa. Estos dibujos –si se quiere eróticos– traducen el frenesí y la enajenación de aquella convulsa alma.

El primer dibujo nos coloca en el interior de la habitación de Baltasar. La estampa recoge el estilo rococó que decora aquel aposento de placer. Acostado sobre su gran cama, Baltasar, desnudo en las partes pudendas, acaricia los sexos de cinco bellas damitas de vida alegre. A cada lado de Baltasar el maestro Espinosa ha pintado dos carnosos traseros femeninos desprovistos de ropaje. Baltasar manipula el *mons venus* de las cuatro damas laterales.

3. Así llamaba Baltasar a la habitación donde celebraba sus frenéticas y alucinadas orgías. 4. Pequeñas bocinas que recogían los eróticos rumores de la habitación de Baltasar y los llevaban a la de Josefina.

En la cabecera de la cama, Baltasar acaricia con la lengua un quinto sexo. La posición de los traseros en esta parte superior del dibujo logra un efecto de equilibrio rítmico que realza la sensualidad de la escena. En el primer plano de la estampa, el maestro Espinosa dibuja la referida orgía. En la habitación contigua, Josefina borda al lado de una ventana; su mirada se distrae con el bello paisaje del trópico. Al otro lado de la habitación de Baltasar se encuentra el despacho del Obispo Larra. Junto a su escritorio se encuentra el paje Rafael González Pimentel, huérfano de ambos padres a causa del naufragio de Ponsa del año 1738 y futuro secretario del Obispo Trespalacios. El Obispo Larra escribe en su diario, y al fondo aparece Sor Inés de los Benditos, ama de llaves del Obispo Larra. La escena fue dibujada en el año 1754. A continuación ofreceré –después de la descripción de cada estampa– las meditaciones de Juliá Marín en torno a estas íntimas escenas. Escuchemos la correspondiente a este primer dibujo:

Los distraídos

Olvidado en el rincón del centro, Baltasar se entrega a un placer que le oculte, tras un velo de rumores obscenos, el rostro del indefenso que vaga sobre muletas la intemperie del mundo.

Josefina sólo se distrae con el gorjeo nervioso de las palomas al sol.

El Obispo diseña la morada que los hombres le piden a Dios; pero sus más allegados –como ese niño de negros rizos y ojos azules– hacen llegar hasta nosotros nefastos decires: resulta que noche tras noche se precipitan hacia el dolor de un intento, la miseria de un fracaso...

En el segundo dibujo, Juan Espinosa no aparece. Sólo se incluye, sobre una silla a primer plano, su capa, ancho sombrero e instrumentos de dibujo. En la habitación de Baltasar se desarrolla la más desenfrenada orgía: en el centro de su gran cama, nuestro héroe le practica *cunnilingus* a una dama que a su vez se lo practica a otra, y esta última a otra, y así sucesivamente –formando una media luna de placer– hasta que la última en rapto le practica un violento fellatio al macho cimarrón. Josefina borda, en la habitación contigua, muy cerca de la pared que da a la habitación de Baltasar. En el despacho del Obispo Larra, Sor Inés lee su breviario junto a la pared que oculta el abandono erótico. Mientras el Obispo Larra calibra unas pequeñas mirillas, el niño Pimentel acerca su oído a la pared. Veamos el comentario poético de Juliá Marín:

Noticias sobre las costumbres eróticas...

> Los antiguos exaltaban el oído sobre los otros sentidos, y explicaban que en la muerte era el último en abandonar al hombre, el último gesto de vida.
>
> Muchos refinados de aquellas lejanas épocas consideraban exquisito néctar el ser oídos en raptos. Las endurecidas manos de la servidumbre humilladas por el sueño de lujosos sexos...
>
> Y además, así el poder prevalecía hasta el límite de su propia ruina.

El tercer dibujo representa a Baltasar en el pleno acto sexual con una mulata que reaparecerá en las próximas dos estampas. (Se trata de Juana, la hija de Juan Espinosa. Luego de la muerte del maestro, Baltasar la recoge como criada.) Mientras Baltasar le hace el amor, la mulata le practica el *cunnilingus* a una encapuchada mujer blanca. Fácilmente podemos adivinar la identidad de esta última voluptuosa: se trata, a mi parecer, de Josefina Montañez, y ello lo adelanto como hipótesis que intentaré fundamentar inmediatamente. En las estampas anteriores queda sugerido cómo Josefina se fue interesando por los sonidos eróticos que provenían de la habitación de su marido. Ya en la presente, Josefina espía por una mirilla la orgía de Baltasar, y se masturba recostada sobre un pequeño diván. (Esta mirilla es la que menciona Baltasar en su Diario; probablemente pertenecía a la bien calibrada colección que el Obispo Larra mantenía para espiar a sus allegados y colaboradores.)[5] El proceso es claro: Los sugestivos y sabrosos sonidos de las orgías han seducido la imaginación de Josefina. Esta seducción de la potens imaginatio es lo que nos sugiere Espinosa. Según lo anterior, la mujer blanca que disfruta el *cunnilingus* de la mulata es viva fantasía de Josefina. La niña bien se ha colocado, por medio de su febril imaginación, en la cama de Baltasar, y ha convertido en orgía lo que fue sencillo coito. Pero la estampa de Espinosa recoge otras sutiles ocurrencias: en primer plano, espiando detrás de una cortina, se encuentra el mancebo Pimentel. Al mismo tiempo que acaricia, en plena actitud masturbativa, su erecto miembro, el joven nos muestra su desnudo trasero. Pasemos ahora al despacho del Obispo Larra: En el fondo, Sor Inés está reclinada, y su rostro dibuja un gesto de rapto. Sus partes pudendas disimuladas por un biombo, sólo se nos sugiere la razón de su arrobo; cerca de ella vemos una "antonieta" como la de Josefina. A todo esto, el Obispo Larra está sentado en el confesionario. Aparenta posar para un retrato, ya que en su mano derecha sujeta el símbolo *Ego sum pastor bonus*. El grueso cayado remata en falo de ovillo. Escuchemos el comentario poético de Juliá Marín:

Falsificación

Y encontrándose con un paisaje de mil ojos, Andrenio preguntó: "¿Qué es esta maravilla que a mis ojos vive prendida?"

El sabio Critilo contestó: "Son los ojos del poder, que acechan al hombre —apenas nacido y con la tripa de madre aún enroscada en el vientre— y lo pasean por todo este grande paisaje de esclavitud que los antiguos llamaron el laberinto del buen orden".

5. Costumbre muy del barroco español. Estas mirillas llamadas "ubicuos" fueron introducidas por Felipe II en sus años de intrigas contra Antonio Pérez. Es por ello que también son conocidas por "antonietas". Su utilidad todavía se observa durante el reinado de Alfonso XII.

Pero Andrenio no alcanzaba las costumbres... "Muy querido maestro, ¿podéis develarme los misterios de tan asombrosa aparición?"

Y aquel hombre solil adelantó su testimonio: "Hay avenidas que mucho oprimen desde los hombros a esta parte de los ojos; verás en estos muy estrechos pasajes hombres con pequeñas cabezas; desdichados cuya razón navega según compás y geografía de los poderosos. También encontrarás en estos mismos intestinos hombres con hinchadísimas cabezas, mantened cautela de sus figuraciones, que son como grandes malignas enfermedades que en única noche se apoderan de todo el cuerpo. Y aquella vigilia que hagas te mostrará cómo mientras los primeros viven opresos del otrísimo, éstos viven sujetos a esclavitud tendida por ellos mismos y sus futiles razones. Los primeros viven inclinados hacia la mudez, los segundos hacia la incontinente verborrea. Y de aquí se desprende: cultiva pocas razones y nunca te sobrarán ocasiones. La segunda avenida es la llamada de pectoralis; y esto es a razón de que en ella se arrastran los que sufren persecución de sus cuerpos, mira al esclavo, ¡qué ancho tiene el pecho, qué angosto el aliento! La tercera avenida es la de aquel que vive obseso con los regalos de la mesa, ¡mira cómo a éste se le cae el pecho, y luego se le precipita el alma! Y ahora encontrarás la muy magnífica avenida de aquellos que ocupan su aliento en las delicias más ocultas y bajas. Éstos sienten una muy grave fuerza que los hala, hacia abajo, y caen en supremo deleite, mi querido, mi suave y delicado Andrenio..."

El coleccionista

Distraído de tanto arrobo, nos mira desde su disimulada espera. Hacia adentro se ovillan todos los sueños, y los deseos viajan por regiones de compasión (pensamientos que reconocen la suprema necesidad de los otros): pero ocurre que con tanto abandono se desenrosca, y se anima la carne tras el poder, esperando el testimonio de ajenas delicias, guardando en cofrecillos de oro esos gemidos, que son los más preciados trofeos de su infinita, catedralicia colección de pasiones.

En el penúltimo dibujo, Baltasar yace sobre su gran cama, y fuma de una larga pipa de opio. Al pie del tálamo se encuentra Juana Espinosa. El maestro Juan ha pintado, sobre la cabeza de Baltasar, una nubecilla que contiene un paisaje del Jardín de los Infortunios. Sugiere esto que la concepción del Jardín fue inspirada por el uso de yerbas narcóticas.[6] En la habitación contigua, Josefina deja vagar su mirada hacia un paisaje nocturno. La ventana se ha hecho demasiado angosta. En el despacho del Obispo aparece la siguiente escena: Larra está sentado en el confesionario. Escucha la confesión de una joven dama y tiene colocada su mano bajo la sotana. Suponemos que la joven dama es Josefina. Pero no estamos seguros del todo, ya que la dama aparece tapada por el telón del confesionario.[7] Los que aguardan confesión son el niño Pimentel y Sor Inés, compañeros de ella en el pecado solitario que prolifera en la estampa anterior. Consideramos –y el estilo manierista, conceptista, de Juan Espinosa nos apoya– que el maestro quiso sugerir la enajenación mental de Josefina mediante su doble aparición en la estampa. Escuchemos ahora los variados y profundos comentarios poéticos de nuestro compañero Alejandro:

Paisaje adivinado

"¿Un desdichado golpe sobre los adoquines de la plaza? ¿He oído un largo grito? La poca luz apenas se cuela por mi ombligo. Mis sienes ceden bajo el angosto tropel de cuidados que me lleva a la idea única. Para mí ya todo se cierra. Atrás ha quedado nuestra lujuria, mi esclavitud; amamos

6. Podemos suponer –aunque no tenemos prueba documental– que Baltasar fue adicto a la yerba narcótica llamada "Perico", que era la que usaba el maestro Espinosa para soportar los dolores de su enfermedad. Esta yerba ha desaparecido completamente de nuestra flora. 7. Creemos que la dama del confesionario es joven por sus zapatos, que son los llamados "alzados", tan de moda entre las damitas peninsulares de principios del XVIII.

sin el acuerdo de nuestras voluntades. Dos palomas sueltas a la luz... Ya jamás se encontrarán sus miradas; nace a la muerte el íntimo gesto que en Baltasar queda distraído. Abrigados por la ternura, nuestras intenciones no coincidirán en este bien trazado laberinto."

La mirada

Viven los hombres tan ocupados con la carne que apenas presienten el robo. Pero ocurre que en la noche alguien se abstiene, y vigila toda la estancia.

Aquellos que han despertado a la oscuridad han visto un largo rumor de ojos que se posa sobre el mundo. Los más exagerados han llegado a decir que oyen un claveteo en las más altas esferas, y repiten como alucinados: "Sí, era como si alguien estuviera clavando en el techo de una casa".

Varias noches transcurrieron sin vigilia; pero al tiempo volvió el leve tacto de aquellos ojos universales. Y entonces fueron muchos los que despertaron sobresaltados por aquel estruendo... Después de todo, había que recuperar el tiempo perdido.

Del cielo bajaron muñecas con agujeros placenteros. Esto entretuvo a los hombres; pero apenas impresionó a los niños, que insistían –como enemigos del pueblo– en formar comités de vigilancia en torno a los gigantescos focos que iluminaban la obra. El ingenio no tuvo un momento de soledad creadora; las muñecas hastiaban; despertó de nuevo la fastidiosa curiosidad.

Cansados yacen los inventos

Todo cansa, y hasta el pastor algunas veces siente curiosidad por las ovejas.

Le pedía los más íntimos y deleitosos detalles ("No puede quedar en el alma brizna de pecado. El perdón debe llegar a todos los rincones. Satanás es sumamente astuto, y suele ocultarse en el olvido. ¡Haz un esfuerzo, hija!").

Y fue así que logró –con el supremo sigilo del confesionario– la más portentosa colección. El catálogo se había abandonado; ya existían curiosidades olvidadas por la imaginación de los hombres. En fin, todo yacía cansado, y aquellas inquisiciones apenas servían para una lujuria peligrosamente doméstica. (Hastiada su lascivia de tanto rito, Sor Inés se quemó las entrañas con un velón encendido.)

Aquella catedral de exquisitos manjares agotaba los posibles humanos caprichos.

Decadencia

Por mucho tiempo se cuidó de los excesos que arrastran a los hombres. Pero los regalos exquisitos de los últimos años le han hecho olvidar el tiempo, que es el insistir de la vida, y poco a poco se ha disipado su poder.

El último dibujo recoge la siguiente escena: Baltasar abandona su cama y se acerca a una gran ventana que no aparece en las estampas anteriores. Desde allí contempla el magnífico y bello Jardín de los Infortunios. Juana Espinosa se abraza a sus piernas. Baltasar se muestra indiferente a los requerimientos de su amante. La gran pipa queda abandonada sobre el lecho, nuestro héroe permanece absorto en la contemplación del paisaje; sus ojos, sus oídos, apenas se mantienen en nuestro mundo. La habitación de Josefina ha quedado completamente desierta. Pero el detalle más curioso es que la ventana ha desaparecido. Todo esto profetiza la futura desolación de la casa de Baltasar Montañez. Al otro lado, en el despacho del Obispo Larra, nos topamos con un verdadero enigma: Aparece, por primera vez, una cama de potro.[8] La monja Sor Inés yace en posición supina. El Obispo la abraza en furioso arrebato sexual. Detrás del prelado Larra, y en postura sodomítica se encuentra el niño Pimentel. Los tres rostros acu-

8. Se llamaba así a las camas especialmente diseñadas para el parto.

san arrobo erótico. En esta escena resulta extraño que los personajes se encuentren completamente vestidos. ¿Por qué Espinosa los dibujó de este modo? ¿Será por respeto a la dignidad eclesiástica?

El último detalle interesante de la escena es la doble aparición del Obispo: Aparece en el orgiástico acto; pero también aparece tocando a la puerta de la habitación de Baltasar.

Escuchemos los decires del amigo poeta. Y dice:

Todo se cierra

Lo primero fue la ventana. Ella se fue cerrando, y al final apenas pudo recoger el paisaje del grito que resbalaba como lágrima. La historia de su vida apenas se conoce; pero no sería difícil adivinar: radiante luz que colma el arrullo de dos palomas al vuelo, y luego la sombra de un ave extraña no vista por aquellos cielos. Pesados párpados que gravitan en silencio hacia el redondo ombligo.

El encuentro

En toda Grecia se hablaba de un bello sabio llamado Diógenes.

Alucinado por las dulces yerbas traídas del Ganges, hizo que sus ejércitos tomaran inclementes rutas, largos rodeos que alejaban la llegada. El silencio descendía sobre el campamento; sólo la noche contemplaba aquellos ojos cansados que soñaban con el encuentro:

"Diógenes es hombre de suma belleza, y las noticias hablan de cierto día en que su gravedad se abandona a los más sabrosos juegos. Sus pensamientos se disipan en caricias, los efebos de azules ojos se entregan a la mirada triste del prematuro sabio. Pero la noche se precipita; sólo Diógenes permanece despierto, y cuenta las copas derramadas, los desnudos cuerpos, los bucles que sueñan con la severa barba. Sus sandalias se oyen hacia la alborada; vuelve el tonto a su rincón."

Dos días tardó aquel formidable ejército en rodear la humilde choza. El grande preguntó por el más dulce día...

La noche anterior se adornó las sienes con el laurel, colocó perfumados jazmines en su pubis, una guirnalda de margaritas abrazó su cintura, y disimuló su desnudez con un amplio manto rojo.

Hacia el alba, una inquieta guardia lo acompañó a la choza del sabio. Pero la estancia se encontraba vacía. Un balbuciente pastor señaló hacia lo alto del monte.

¡Qué dulces momentos los del amor anticipado!

Quinientos de los más bravos y fieles hombres rodearon la entrada a la cueva. El grande corrió el paño; pero el rostro duro del sol apenas acarició aquellos distraídos ojos. Volvió la penumbra que se cansaba en el halo de una antorcha.

Alejandro dejó caer su manto.

Se oyó la voz de Diógenes:

"Apártate, no me quites el sol".

El más poderoso recogió su manto. La noche duró muchos días; el largo llanto adulteró el vino de su copa; el dueño de la tierra mordía en gemidos pesadas pieles. Pero nadie se enteró. (Suelen ser fatales las concesiones del poder al sentimiento.)

Moría el joven dueño; fue entonces que prendió el misterio de aquel encuentro: "¡Qué ruido arman los ejércitos!"

La construcción del Jardín de los Infortunios se comenzó en el año 1766. Juan Espinosa fue la primera víctima del Jardín. El maestro murió en la edificación de un inmenso cangrejo que protegería el flanco nordeste del Jardín. (Según algunos testimonios, el arquitecto gafo se suicidó tapando todas las salidas del monstruo de argamasa y carapachos de crustáceos.) Pero pronto aquella visión de una naturaleza maldita comenzaría a reclamar una larga sucesión de víctimas. Baltasar Montañez, el propio visionario, el creador de las "trampas vegetales", nuestro héroe, fue el primero de estos infortunados.

En agosto de 1767 la Santa Inquisición declara al Jardín de los Infortunios un prodigio de Satanás. Esta declaración de la Santa Inquisición iba dirigida contra la carrera política de Baltasar

Montañez. No se pretendía únicamente destruir la obra del visionario; también, y principalmente, se intentaba acabar con el poder político de Baltasar y el Obispo Larra. Los afectos a la antigua Secretaría de don Tomás Mateo Prats veían cumplidas, con éxito, sus repetidas intrigas en contra del nuevo régimen. En *El Aviso*,[9] publicado por el Santo Tribunal el 3 de septiembre de 1767, se resumen de este modo las "incidencias delictivas" de Baltasar Montañez:

> Se hace propia la acusación ciudadana contra el Sr. Secretario de Gobierno Don Baltasar Montañez, y ante la cual –por virtud de la asistencia divina que nos confiere el propio estamento de Indias– se dictamina la siguiente noticia nefasta:
>
> Por resolución de consejo adelantamos la condena solemne de la muy Santa Iglesia de Indias, y se recuerda en extensión de la Santa Iglesia Católica de Roma los siguientes hechos que atentan contra las verdades evidentes de la Única Religión, esperando, de este modo, la bendición del Padre celoso de las verdades dichas por su hijo encarnado en la Santísima Virgen María.
>
> Es por situación de conciencia extramuros y razón fuera de la correcta interpretación de los Evangelios, Tradición y Revelación que declaramos súbdito heterodoxo del Rey Don Carlos III de Borbón al varón Baltasar Montañez, que ocupa en esta plaza de su rey cargo de Secretario de Gobierno. Adelantamos como causas de maldición eterna las siguientes acciones y voluntades: Baltasar Montañez ha instituido falso culto a Jardines destinados a la destrucción propia de las guerras, por lo cual se desprende vileza y perversión en la concepción que dicho sujeto guarda relativa a la muy alta belleza y orden de la obra divina. Se inclina de voluntad y se condena en acción a pecado "horrendis natura" el súbdito Baltasar Montañez, a quien se maldice eternamente en persona, obra y descendencia de intelecto compartida. Sea hecho lo anterior en ofrenda a la Gloria de Dios.

9. Se llamaba así al edicto condenatorio del Santo Tribunal de la Inquisición.

La condena de Baltasar se envuelve en un ropaje teológico que disimula su verdadera causa. Ahora bien, el Tribunal Inquisitorial se encontró con la resistencia del Obispo Larra. Éste se negaba a que su brillante plan político fuera destruido por las alucinaciones de su protegido y las lentas intrigas de los enemigos. Hizo todo lo posible por evitar que se cumpliera una orden de encarcelamiento inmediato que la Inquisición requirió de las autoridades civiles. A continuación les presento el documento mediante el cual el Santo Tribunal hace la requisición de encarcelamiento:

> Referimos al brazo secular de estos Reinos el tratamiento de suspensión de garantías civiles, cuyo ejercicio está en su potestad, hacia el súbdito extramuros Baltasar Montañez. Y ello así se requiere la privación de movimiento mediante encarcelamiento al momento, dejándole dentro de su privación ejecutada aire a respirar que mantenga con vida su cuerpo. Es por ello que certificamos con sello Pontificio ejecutado en Indias la negación de volición horizontal, permitiéndole la vertical, para que con ella, y según la benefactora gracia divina, se acerque a la verdad de los cielos.

El Obsipo Larra contestó esta requisición con una brevísima carta donde expone, ante el Gobernador de la Isla, las razones de su oposición a la anterior medida. Veamos:

> Ha llegado a mi conocimiento noticia de que el muy Santo Tribunal de esta isla ha dictaminado sentencia condenatoria y maldiciente contra el súbdito y actual Secretario del Gobierno, Baltasar Montañez. También ha requerido el Santo Tribunal el inmediato encarcelamiento de tan insigne persona. Todo ello me pone en muy humilde situación de lamento y advertencia. Lamento por creer que el Santo Tribunal ha excedido aquellas vigilantes prerrogativas que la Carta de Indias le confiere, en usanza, a las Disposiciones de Reino Eclesiástico. Advertencia por quedar en suma convicción de que el encarcelamiento del súbdito Montañez

desencadenará la desolación y la guerra sobre los recientemente apaciguados campos de nuestra amada plaza. Que no falte a nuestra memoria, en estos delicados momentos de estado, que el matrimonio de Baltasar Montañez con Josefina Prats ha restaurado a nuestra amada feligresía la paz espiritual y material, y una grande dulce concordia entre las razas. Todo este cuerpo de estado se vería azotado por la enfermedad de la violencia y la sedición, si se alterase, de alguna manera activa o intencional, la situación de privilegio ejecutivo y protocolario que asiste a la muy digna persona de nuestro actual Secretario de Gobierno. Es por lo anteriormente referido que establezco mi deseo y ejecuto orden para que se abstenga el Santo Tribunal de ejecución y requisición de sentencia, y ello por gravísima razón de paz, advirtiendo, sin embargo, mi reconocimiento y abstención dialogal a todo lo que respecta al proceso teológico que a dicho tribunal sólo compete en virtud de su condición de santa facultativa.

Pero esta vez la "razón de paz" del Obispo Larra no recibió el apoyo de otras ocasiones. El Santo Tribunal recurrió al chantaje con tal de persuadir al prelado de la conveniencia del encarcelamiento. ¿En qué consistió el chantaje? La Inquisición amenazaba con enviar a Roma noticia del forzado matrimonio de Josefina Prats, y de la intervención del Obispo Larra como principal arquitecto del mismo. También amenazaba con levantar ante Roma y las autoridades peninsulares una protesta por la destitución y encarcelamiento del antiguo Secretario de Gobierno. A continuación les ofrezco el texto del chantaje:

A recibo de su comunicado concerniente a la condena y ejecución de sentencia sobre el súbdito de esta Corona e Iglesia, Don Baltasar Montañez, levantamos del silencio que los ha ocupado desde su cercano suceso, los siguientes hechos que atentan contra la integridad episcopal y teológica, y que serán referidos ante la Santísima Sede de mantenerse en vigencia su actual indisposición contra la Suprema Autoridad Teologal de este tribunal. Los sucesos que nos ocupan la memoria todavía estarán frescos en la suya y a continuación establecemos que contra la voluntad de la doncella Josefina Prats fue realizado matrimonio diocesano, episcopal y de derecho, por la llamada razón de estado, abominable razón de todos los políticos que han usado la obra de Dios para cumplir pasiones humanas. Y que el protagonista de este atentado contra la solvencia sacramental del matrimonio ha sido el Obispo Don José Larra, Eminencia Archidiocesana a título de esta muy Santa Sede de la Iglesia Delegada de las Indias Nuevas. También adelantaremos referencia sobre la muy valiente oposición que el padre de la amadísima Josefina Prats adelantó por curso diocesano e inquisitorial; pero que por la macavélica atmósfera de violación de derecho canónico prevaleciente, sólo recibió decidida y muy cruel repulsa en forma de la destitución de cargo hecha contra el antes referido Don Tomás Mateo Prats, Secretario de Gobierno de esta plaza del Muy Católico Rey Don Carlos III de Borbón, y aquel venerado quedó en suma de agravios cuando fue encarcelado de modo muy arbitrario y desavisado. Es por todo lo mencionado y referido que en condición de que prevalezca el criterio del Obispo Larra sobre la muy teológica condena de Baltasar Montañez, se procederá por este Santo Tribunal a la presentación de hechos eclesiásticos ante la Suprema Sede del Santo Oficio en Roma, y a la protesta y relación de hechos ante el Sapientísimo y entrañable Consejo Real de Indias, ante el mismísimo Rey de Indias Don Carlos III, adorno de la autoridad que por los siglos Dios ha mantenido en estas Indias a favor de la Catolicísima y muy ortodoxa, su hija en la fe y su defensa, la Madre España. Queda dicho y signado para difuntos.[10]

De más está decir que Baltasar fue detenido y encarcelado inmediatamente. El Obispo Larra logró, sin embargo, que su protegido no fuera destituido del alto cargo que ocupaba. Estaba deci-

10. Quiere decir que lo aquí dicho es advertencia para todos, hasta para los muertos. Este giro queda en el protocolo español por influencia de los Austrias, ya que también aparece en los "formatos" del Imperio y hasta en los de la cancillería de Bismarck.

dido a mantenerlo en su cargo como garantía de paz racial. En caso de futuras revueltas de la negrada, Baltasar volvería a "ocupar plaza", pensó el sutil prelado.

En enero de 1768 Baltasar Montañez era "residenciado" en San Felipe del Morro. El cronista oficial de la gobernación nos relata las circunstancias que rodearon aquel suceso:

> Entre levantamientos y protestas de negradas airadas –en esta ciudad sede del gobierno insular y en las estancias aledañas a ella– se ha residenciado hoy, en la fortaleza de la Corona llamada San Felipe del Morro, al súbdito heterodoxo Baltasar Montañez. Una comparsa de caballería montada y lanceros acompañó al carruaje episcopal que condujo al Secretario de Gobierno a su lugar de próxima y permanente residencia. Todo el trayecto costero del roquedal conocido por Miramar tuvo que ser despojado, por repetidas cargas de infantería real y caballería de gobernación, de los miles de negros que con suicida voluntad pretendían liberar al que llaman "el niño Malumbi".[11] Las rocas de la costa todavía ostentan los signos de cuerpos muertos y abandonados. La caravana montada y de infantería ha mantenido un paso lento, pero firme, despojando el camino de las sucesivas turbas que, como oleadas salvajes, se lanzan sobre ella. Avanzó la muy bendita autoridad de Indias, y atrás quedó amontonado aquel amasijo de cuerpos inertes de estos salvajes que no reconociendo la ortodoxia, pretenden muy impíamente violar la voluntad de Cristo mediatizada en sus santos vicarios y defensores aquí en la tierra, la Santa Inquisición y sus dignísimos congregados. En ocasiones la caravana se detuvo, o avanzó con grande pena. Y le llevó tres días intentar recorrer el pequeño tramo desde el Palacio de Gobernación, lugar de la detención, hasta la muy magnífica Fortaleza de San Felipe del Morro. Muchas veces se lanzaba rumor de que la carroza que llevaba al condenado de súbdito se detenía, y quedaba desamparada por razón de

11. En la santería de Cuba y Puerto Rico, Malumbi es un travieso dios menor que rebelándose contra Changó liberó a la cautiva Eneayá, que es la diosa de la fantasía, el baile y el olvido.

la dispersión de la caballería y la infantería de protección; pero sabemos que es caso irrebatible y fuera de lo considerado rumor que el maldito nunca intentó escapar, y que los pocos salvajes que hasta la carroza llegaron a estas horas lavan sin luz en la mente sus heridas mortales en las grandes rocas de la costa, o han ido a servir de nauseabundo plato a los muchos y muy grandes tiburones que nadan por aquel litoral.

Nuestro compañero peregrino, Alejandro Juliá Marín, detiene su paseo ante el notorio suceso:

El paso

Se aleja, y oye a su alrededor vientres abiertos que pronuncian gritos de sangre y tripas. Revolotean sobre estas gigantescas bocas de dolor lanzas interminables que nunca acaban de matar. Todo yace derramado, roto y muerto...

Ha quedado solo. Contempla, distraído de la única obsesión, una ruidosa carga de caballería que persigue a los negros hasta los distantes precipicios. Curiosea las volutas de los arcabuces, y se pregunta por aquel olor tan penetrante. Apenas se oye rumor alguno. Es el momento de escapar.

Pero su cansada mirada ha vuelto al silencio, y sus prodigiosos dedos dibujan, con delicado gesto, en el denso aire, un Jardín equívoco, el rostro impasible del cielo cielo.

Seis meses de revueltas, matanzas y desolación hicieron perentoria la reinstalación de Baltasar Montañez. La devolución de su poder era la única esperanza de paz. El encarcelamiento del héroe Baltasar provocó, entre la población negra, una ola de indignación sin precedentes. Se crearon guerrillas en los montes. Se atacaban las grandes haciendas de Monte Hatillo, Ensenada Vieja, Laguna de Cocos y Sabana Nueva. Casi toda la cosecha cañera de aquel año fue incendiada por las turbas de negros revoltosos. Dejando atrás el grito de ¡Viva Baltasar!, los ricos hacendados y sus familias huían de aquel infierno. Los negros leales a sus amos, los llamados "tela de coco", eran brutalmente ajusticiados por las bandas revolucionarias. Un cronista de la época, el Redactor Privado Adjunto de Gobernación y Asuntos Civiles, nos pinta esta horrible, macabra escena:

> Describo lo visto porque así lo requiere el sagrado deber; de no ser así mi pluma quedaría como congelada ante el terror supremo que mis ojos han visto; terror sólo concebible en la voluntad de estos negros que por designio divino tienen condición de fieras, y que incapacitados de comprender cómo la maestranza los hace humanos, se abandonan a los más fieros instintos que les son naturales.
>
> Por varias leguas antes de llegar a la hacienda de Don Álvaro San Sebastián tuvimos que padecer un muy nauseabundo hedor esparcido, a lo largo de aquellas estancias desoladas, por las suaves brisas de julio. A nuestro alrededor todo estaba quemado. Leguas y leguas de rica caña de azúcar hecha ceniza por la infinita bestialidad de esta raza. Y puedo asegurar que también los cocoteros, su durísima y resistente madera, eran derribados por las muy implacables olas de aquel mar de llamas. El cielo se había ennegrecido con muchos vahos sulfúreos. Aquel aire que apenas se podía respirar, cargado de un denso humo, invadido por una lluvia persistente de cenizas, tampoco daba paso a la mirada. Eran pocos los contornos distinguidos en aquel infierno digno de la visión de un Dante Alígero o un Jeremías Bosco. Pero ya pronto no sería menester el uso de los ojos para reconocer la horrible escena que ante nosotros se manifestaba. Era terrible y harto insoportable el hedor; habíamos llegado al paraje que había testimoniado el más agudo dolor, la más desenfrenada matanza. Cientos de cadáveres semicorruptos y despedazados hacían montones sobre aquella desdichada tierra. Era una montaña de sufrimiento, un precipicio de la naturaleza humana aquel túmulo contradictorio de insepultos, ¡Dios mío, dame fuerzas para testimoniar lo visto por mis ojos, de modo que los hombres nunca cedan a

la tentación de alterar lo dispuesto por tu bendita mano! ¡Oh Dios! Todas las cabezas se amontonaban en la cumbre; pero eran cabezas sin ojos, sin narices, sin orejas. Luego descendía, hacia la base de la más horrenda de las pirámides, una entreverada masa de cuerpos terriblemente mutilados: los pies desprendidos de sus piernas, los troncos arrancados de sus miembros, y todo ello rematado por un adorno de una crueldad que el más vil de los cristianos jamás podría alentar en su pecho, y me refiero a que toda aquella madeja de hedor, sangre y huesos rotos, lucía unas ostentosas y obscenas guirnaldas formadas por pechos femeninos y sexos masculinos. Pero aquel infernal pespunte digno del Antilucifer palidecía ante los sangrantes pubis femeninos embutidos en las bocas también sangrantes y hediondas de las desdichadas víctimas, ¡Oh, qué visión imborrable para estos desdichados ojos que han padecido este monumento a la miseria y a la muy grande maldad humana! ¡Dichosas fueron las víctimas cuyos ojos fueron arrancados antes de poder contemplar este árbol donde la caída naturaleza humana, la hereje raza de salvajes idólatras, ha colocado, con el cuidado de su perversa razón, los más sutiles trofeos de su indecible miseria, de su fiera y deleznable condición!

Pero aquello fue sólo un muy débil anticipo de los amargos desengaños a que me obligaba –¡oh duro oficio!– una grande horrible escena que se presentaba no muy lejos del lugar antes historiado.

Pido perdón si el nudo que resucita en mi garganta el nefasto recuerdo de aquella horrenda y oprobiosa visión llega hasta mi pluma, haciendo más dificultoso y lento, para las gentes que lean ésta el concebir la infinita maldad de estos seres que apenas llegan a humanos, y todo ello por designio de la divina voluntad, que les ha dotado de humano semblante que ellos pretenden ennegrecer hasta la máxima oscuridad de su piel, confirmando de este modo la sospecha general de que poseen un gran vacío allí donde en nosotros reside el alma.

¡Dios mío! Dame fortaleza para cumplir mi humilde oficio de cronista de estos horrores: y ocurrió que no muy lejos de aquella hedionda montaña de vísceras y miembros, ya que no de hombres y mujeres, se encontraba la casa solariega del rico hacendado Don Rafael Montoya Cambó. Como el hedor era tan agudo al acercarnos a la semidestruida casa, tuvimos que colocar sobre nuestras narices, para no desfallecer, paños amarrados al cuello. La primera dificultad que encontramos al entrar a la galería de la casa fue unos intestinos humanos que, a manera de guardacolas,[12] estaban atados a las vigas de ausubo del techo. Por fin logramos acceso a la sala principal de aquella que fue casa tan bella, a la sala que vio los dulces pasos de las danzantes damitas, los delicados sonrojos de sus mejillas y el gentil requerimiento de los apuestos galanes. ¡Oh vil contraste, oh época ingenua aquella que, confiando en la ponzoña que alimentaba en los barracones, apenas recordaba la maldad y la suma vileza de los hombres! Y ahora es cuando más apurada veo a mi pluma. ¡Qué horror! Sobre el piano de la niña Carmencita encontramos la cabeza decapitada del que fue el muy noble Sr. Cambó, y en su boca, embutidos salvajemente, sus órganos pudendos. Tirado sobre el gran sofá de la bella mansión, encontramos el torso desnudo del Sr. Cambó, y había sido colocado en muy obscena postura. Amarrado al trasero del que fuera ¡Oh Dios mío! aquel muy noble y distinguido señor, se encontró la cabeza de su leal capataz negro. La salvajada indecible llegó al extremo de introducir casi toda la lengua de aquel desdichado –que de nada le sirvió ser de la misma raza de los viles sediciosos, ya que era muy buen negro, de los que aceptan con bendita paciencia y docilidad su condición, y le dan gracias a Dios por el inmenso favor de convivir con una raza que los allega a la humanidad– en aquella parte del cuerpo que el decoro, en este agónico momento, me obliga a callar. Cerca de esta muy desdichada escena, encontramos el cuerpo mutilado de la que fue, en sus despreocupados días de muñecas y danzantes,[13] la más bella niña de la colonia, y me refiero a la sin par dulce niña Carmencita. La niña Carmencita mostraba moretones, manchas y pellizcos de muerto por todo el cuerpo; y todo ello era claro

12. Se refiere aquí a las sogas que se tendían en las aceras para contener a las multitudes durante celebraciones y actos oficiales. **13.** Se refiere a los bailes de sociedad.

signo de la violación que sufrió antes de ser llevada a los más oscuros rincones del suplicio. La última violación fue realizada con una antorcha que introdujeron encendida en sus partes venéreas. Su cabeza, colocada entre las lágrimas de la que una vez fue la más bellísima araña de esta plaza, no fue encontrada hasta bien avanzada la noche. Y aquella linda boca fue embutida con los delicados pechos de la joven niña, que fueron cortados por los sedientos machetes de estos negros salvajes. Por último, encontramos a la dulce Señora de Cambó; pero mucho fue lo que caminamos para restituir a su integridad santa aquel cuerpo despedazado por la furia implacable, por la fiereza sin límites. Baste decir que sus pechos, ya flácidos por los años y no tan firmes como los de la niña Carmencita, fueron colocados en la sopera de su bellísima vajilla de plata, y su cabeza espetada al alto cocuyo[14] de la palma real. ¡Oh Dios!, atiende a las desdichas que el hombre, que todavía sale del paraíso, puede provocar con su más que infinita vileza, ¡Aquellos de vosotros que lean ésta, testigos futuros de mi testimonio!... ¡Borrad de vuestros ánimos todo pensamiento que le otorgue al hombre el beneficio de la compasión! ¡Desengañáos, sólo el hombre es capaz del hombre!

El Obispo Larra vio confirmados todos sus temores. Comenzó inmediatamente una gestión para liberar a Baltasar y restituirle el poder de su cargo. En agosto de 1768 le escribió la siguiente carta al Tribunal de la Santa Inquisición:

Amadísimos hermanos en Cristo:

Ha sido horror, ya que no satisfacción, el ánimo que sostengo una vez cumplidas, a mi favor, las predicciones y advertencias que hace seis meses atrás les allegué con la intención de perfeccionar vuestro entendimiento. La sucesión de revueltas y sediciones que ocupa nuestro poder, y amarga nuestro entendimiento y pasión, no será contenida hasta que el súbdito de esta corona, todavía Secretario de Gobierno de

14. Se refiere a la aguja de dicha palmera.

esta plaza, su Excelencia el Sr. Baltasar Montañez, sea restituido a la plenitud de poder de su honroso cargo. Procede insistir en que las autoridades civiles de esta plaza no seguirán curso de excarcelamiento hasta tanto la venerable autoridad del Santo Tribunal, que en esta misiva me ocupa, determine levantar aquellas sanciones teológicas que, por oscuro designio de Dios Padre, han desencadenado las furias implacables del odio, la venganza y la destrucción.

Es en valor de lo anterior que requiero de la máxima prudencia y Santidad de este Santísimo Tribunal, declaración de intramuros de conciencia en la persona de Baltasar Montañez, súbdito.

Después de seis largos meses de sangrientas revueltas, el Obispo Larra le ganaba la partida al Santo Tribunal de la Inquisición. El 24 de agosto de 1768, el Santo Oficio subscribía la siguiente declaración:

Después de lento y muy meticuloso examen de las causas que motivaron en este Santísimo Tribunal declaración de conciencia extramuros en la persona del Excelentísimo Secretario del Gobierno de esta plaza Don Baltasar Montañez, se adelantan las muy sutiles razones teologales que alteran, cuando no cambian de manera alguna, las anteriores sacratísimas determinaciones. En caso aparte, volumen de 10 000 pliegos en adelanto a principio de razones,[15] se expone la penosa vía teologal que ha encontrado apoyo hacia una manifestación de colocación de súbdito intramuros en la persona del referido Don Baltasar Montañez.

A razón de lo anterior advertimos que la susodicha relación no ha sido determinada por motivaciones ajenas al propio cuerpo teologal, no debiéndose entender en esta declaración una oprobiosa concesión al principio de razón de gobierno, doctrina que desde su invento por el he-

15. Se hace referencia aquí a un informe preliminar de reconsideración de 10 000 pliegos, equivalente a diez gruesos volúmenes. La reconsideración final ocupa 30 volúmenes de tres mil pliegos cada uno. Esta reconsideración final es lo que se conoce como "principio de razones".

reje Macavelo ha llevado fuego y destrucción, con sus repugnantes ojos que lanzan llamas y odio, a todos los príncipes que la han sostenido, y ello en lugar de Cristo, como norte y guía de sus acciones.

Una sonrisa debió dibujarse en el rostro del Obispo Larra al leer la anterior declaración. El Santo Tribunal accedía –por las muy teologales razones de las matanzas continuas y la amenaza a la propia existencia de la sociedad blanca– a levantar la excomunión a Baltasar. Pero la satisfacción del astuto Obispo no pudo haber durado mucho. Durante ese mes de agosto de 1768 se había levantado, en el sector noroeste del país, un nuevo y fiero caudillo negro. El negro Yambó había realizado crueles desmanes en las haciendas colindantes a Lago Norte, dejando la tierra tras de sí cubierta de cadáveres y desolada por el fuego y saqueo de las huestes revolucionarias. Ahora bien, ésa debió ser la preocupación menor del Obispo Larra, ya que surgía otro escollo en el doloroso camino de la paz: El propio Baltasar se negaba a asumir el poder de su cargo. Renunciaba a ser instrumento de apaciguamiento, y no por convicciones políticas, o en solidaridad con sus hermanos de raza. Baltasar se había vuelto loco. El héroe se convertía en iluminado visionario. El poderoso abrazaba la contemplación.

¿Era este renunciante Baltasar un enajenado que no podía reconocer el daño, la destrucción que su actitud representaba, o se convertía el cínico hijo de Ramón Montañez en el más puro, iluminado y malvado de los hombres? Todo ello será tema de nuestra próxima conferencia, mañana viernes a la misma hora y en este mismo docto lugar. Muchas gracias y muy buenas noches.

III

EN LA CONFERENCIA ANTERIOR contemplábamos el desolado panorama de muerte y destrucción que provocó el encarcelamiento de Baltasar. Esta noche nos adentraremos en el misterio de aquel hombre que renunciando al poder perpetuaba la matanza. El cansado Obispo requería de Baltasar la colaboración que posibilitaría la paz. El 7 de septiembre de 1768 el Obispo Larra cursaba la siguiente carta:

> Mi muy querido y estimado Excelentísimo:
>
> Es con la humildad que sólo el horror de tanta matanza y destrucción puede provocar en este pecador, que le adelanto, como en anteriores ocasiones, la más cara súplica para que acepte la restitución plena de poderes que a vuestro honor de cargo corresponde.
>
> Desde que vuestra negativa se ha vuelto implacable e inobediente a los ánimos de compasión que siempre han dirigido vuestro noble entendimiento, la campiña de esta isla –que recuerda el Paraíso que Dios dispuso a nuestros primeros padres– se ha cubierto de ríos incontenibles de sangre que nos hacen dudar de la condición del hombre como bestia, o como el más fiero ángel de la destrucción. Sólo usted, con la presencia de moderación y paz que ha signado vuestra incumbencia, puede devolverle la humanidad a los hombres que hoy atentan ya no contra los muy nobles principios de caridad del cristianismo, sino contra los más elementales

dictados de la ley natural. Sobre vuestros hombros descansa la grave responsabilidad y moral deber de conllevar, con las autoridades de esta plaza –tanto civiles como eclesiásticas– el ejercicio del poder para conjurar todos los atentados dables contra la paz pública en este reino; pero también queda, en su potestad, el ejercicio de vuestra Secretaría de Gobernación en cargo contra aquellos líderes de los sediciosos que podemos establecer como enemigos de la humanidad, y amplio descrédito para su raza y pueblo. Es usted el único que podrá restaurar, a su honor debido, la noble condición de la raza que hoy llena de luto los más inocentes hogares. Adelanto esta proposición por ser usted un auténtico héroe y libertador para los de su pueblo. Libertador que sabrá conducirlos por el camino de la paz y la obediencia; libertador que los aliviará de la carga de bajas pasiones y odio que ha provocado la más desgraciada de las muchas catástrofes de concordia que han azotado a esta plaza en lustros recientes. Quedan mis esperanzas en vuestra prudencia y humana compasión, ¡Que Dios ilumine vuestro entendimiento para muy benigno bien de todos los que obedecen a convivencia en esta otrora dulce paz de los trópicos indianos!

Lo que acaban de escuchar es la primera versión de la carta que el Obispo Larra le dirigió a Baltasar. La versión final ostenta algunos cambios que traslucen significativas vacilaciones del prelado. Esta versión final elimina todas aquellas frases que el Obispo entendía sujetas a mala interpretación. El prudente Obispo se mostraba extremadamente cauteloso. Cautela que se debía al profundo temor de lograr en Baltasar una reacción contraria a sus peticiones de colaboración. Fino sicólogo, consideraba que cualquier condescendencia, reproche o señal de prejuicio racial provocaría en nuestro héroe el límite de su enajenación. Fue por ello que el Obispo eliminó la palabra obediencia en el siguiente pasaje: "Libertador que sabrá conducirlos por el camino de la paz y la obediencia". Estimaba el Obispo que sus palabras le atribuían a Baltasar la humillante condición de capataz. También eliminó este pasaje que se puede considerar cargado de racismo: "libertador que los aliviará de la carga de bajas pasiones y odio...” También eliminó la continuación de lo anterior, y ello porque sonaba, según el sutil jesuita, a velado reproche. Pero la tarea resultaba imposible. Larra se descomponía; perdía su continente. Ya queda sujeto, sin entenderlo, al delirio del héroe. La versión destinada a Baltasar no resultaba más benigna que la anterior. El frío, filipino Obispo caía en una madeja de encontradas pasiones. Su rabia ante la poca compasión de Baltasar desbordaba el más diestro de los disimulos.

La carta de Baltasar a Larra que a continuación escucharán, es fehaciente prueba de la progresiva enajenación y lucidez de nuestro héroe. Con estos dos términos contradictorios, enajenación y lucidez, avivo en ustedes la tragedia de nuestro héroe. Sí, porque Baltasar Montañez fue vidente cegado por la luz de su propia visión; su agónica existencia era camino hacia la plena comprensión del mundo.

> Pedir compasión a un hombre de verdad es hacerlo cómplice de la mentira que –como bello palacio donde los hombres olvidan la intemperie– ha sido fabricada, día a día, por la desenfrenada astucia, que es reverso de la piedad. Yo, el más puro de los hombres, sostenedor de la verdad, pretendo la destrucción de todas las catedrales, de todos los fastuosos palacios que provocan el olvido en los hombres. Y así fue que aquel buen hombre de visión que me enseñó la magia de los edificios y la disposición de la naturaleza intervenida,[1] me enseñó el camino a la verdadera condición, y en ello su fiel y amantísimo discípulo lo seguirá con alegre comparsa de muchas mujeres y hombres, niños y niñas, viejos y viejas, Obispos...
>
> ¡Ay!, pero ¡qué dulce y fiel arquitectura la mía! Fabrico del aire y con el aire; hacia el silencio y el vacío de las esferas se alza mi intento desolado, la morada del techo olvidado. Soy un artífice del vacío, un negador de la

1. Se refiere al arquitecto Juan Espinosa.

arquitectura y edificios que los hombres han dicho y hecho por siglos. Y por ello ofrezco, mi amantísimo Obispo, la primerísima lección de los constructores sin tacha. Y digo que el hombre, espalda lacerada tras la más dura piedra, levantaba el edificio en su paciencia de hormiga. ¡Gloria a Dios y la muy grande necesidad de olvidar que lo construido es refugio contra los vacíos cielos! Y aquel himno a la piedra, túmulo de la verdad, se levantó para mejor señalar el vacío. Y encuentro en la catedralicia morada un gran, inmenso dedo que señala hacia el abismo silencioso. Es la magia del aire; mientras más se llena el espacio, más se señala el vacío. ¡Qué mucho queda por llenar a la vista del infinito! El vacío es promesa de morada; pero una vez que el espacio se convierte en mentira para los altísimos y trágicos superiores –y en refugio para los muchísimos inferiores– tropieza de narices con el terror, que se apodera de cada uno de mis miembros como inexorable enfermedad. Y así de monumental queda la vida de cara al vacío. Nace hacia la placenta todo aquello que pretende el hombre con sus monumentos. El monumento es un gesto descreado que sueña con Dios para engañar a los hombres. ¡No más mentiras! ¡Fieras sutilezas brotan de mi ingenio cósmico! ¡La creación devorada!... Sí, digo que se devora a sí misma en el momento de mayor definición. ¡Dios nos creó desde la nada porque antes de su fallido intento la nada no existía! ¡Alto ahí a la engañosa compasión que pretende destruir la verdad que magnífica se alza en ropaje desnudo de aire! Y en ello está mi divino poder, según lo dicho por el amado maestro Espinosa. El máximo poder está allí donde alguien lanza a los hombres al vacío. Negarles morada es corregir los débiles sentimientos que tuvo Dios al arrepentirse de la creación. Hay que culminar el error, ¡Que no se corrija! ¡Para eterno bien de los hombres! El mayor poder es mi renuncia a la compasión. Y ocurre que esta renuncia es por el bien de los hombres. La compasión es la gran doble crueldad de un Dios juguetón y arrepentido, ¡No se debilite el pecho! ¡Adelante van las muy sutiles razones!

El Obsipo Larra se encontraba perdido ante las "muy sutiles razones" de Baltasar. En la carta que a continuación les leeré, el patético Obispo se limita a requerir, con rica sentimentalidad y pobre juicio, la colaboración de nuestro héroe. Sus razones adolecen de todos los lugares comunes propios de la piedad cristiana, y, al lado de la profundidad y originalidad metafísica de Baltasar, resultan inocuas y pedestres:

Mi queridísimo hijo:

Adelanta usted razones que lo obligan a retirarme vuestra colaboración en el restablecimiento de la paz sobre esta amadísima plaza. Para usted el poder civil y eclesiástico, que en mi persona sostengo, es la cárcel de los hombres; cárcel fabricada con la sucesión de mentiras que por los siglos han sido menester para la buena y dulce convivencia de los humanos. Pero estas mentiras, que los buenos cristianos calificamos como piadosas, son la única garantía de que el hombre no se convertirá en la más temible bestia. Usted renuncia a la piedad con la suma pretensión de lograr la verdad. Renuncia a las muy sencillas y verdaderas doctrinas de Cristo, para perder luego su alma en una teología sin Dios. Su pretensión es divina; pero apenas es sensible al dolor que las muchas revueltas y matanzas han traído sobre la antigua y buena tranquilidad de hogares dulces e inocentes. Para usted la compasión se origina en un Dios arrepentido por su creación; arrepentido de un acto gratuito que resulta en feroz crueldad. Sí, porque en vuestra teología la vida es el más cruel de los martirios, ya que se origina de la torpe equivocación de un Dios que jugaba con sus poderes. Y al final de todas estas muy sutiles razones, encontramos al viejo Lucifer, negador eterno de la creación y la vida: ¡Matad! ¡Matad! sin la más leve continencia, y ello resultará en el bien más dulce de los hombres, ese escape, el ocultamiento ante lo creado, la huida de la creación que es hedor universal! ¡Nefasta, muy nefasta teología! Catedral que vuestra cruel pureza, ya que no dulce inocencia, levanta sobre las pretendidas minas de unas creencias que al hombre le dan morada en esta vida, y la promesa de otra que cumplirá el sentido de ésta; verdades piadosas que pretenden hacer del hombre una criatura de bien. Pero no está en mi ánimo contestar con teológicas razones a su muy agudo ingenio; sólo le requiero que se apiade por la caridad que en cristiano espíritu sus padres le enseñaron, que detenga sus ojos que imagino piadosos sobre el dolor de los niños mutilados en las continuas matanzas, sobre cuerpos amontonados con los miembros rotos, sobre los cultivos, riqueza de los hombres, desolados por la furia destructiva de los inconformes, de los que pretenden violentar el divino plan. Haga suyo el dolor que embarga a las madres que han perdido padres y hermanos, y gritan, sobre esta muy desoladísima estancia de guerra y muerte. ¿Por qué? ¿Por qué? ¿Por qué, Dios mío, por qué?"

Baltasar no tardó en contestar los destemplados sentimentalismos del Obispo Larra. Su contestación, un manifiesto de evidente genialidad, alude a un extraño sueño que simboliza, a manera de emblema, la pureza y heroicidad de su postura.

Mi amantísimo y descompuesto Obispo:

A sus torpes y débiles razonamientos, adelantaré la belleza indescriptible de mi muy magnífica visión. Visión que es signo sobre mi cabeza, emblema de mis adelantadas verdades. Ocurrió que adentrado mi sueño en las profundidades donde se escapa muy equívoca la verdad, se le manifestó una luminosa visión que recogeré al describir, con la más notable fidelidad, los procesos ocultos y nocturnos de mi alma singular. Así adelanto: "Era un edificio gigantesco y ciego, cuyas entrañas se componían únicamente de escaleras suspendidas en gran hueco que ascendía por las faldas piramidales. Se alzaba, muy ciego y hueco, con universo interior de escaleras que suben al vacío. Intento de confusión aquel que simboliza las verdades más bellas. Porque subía yo, ascendía bajo aquel túmulo de alta piedra cuyos límites ya eran desconocidos hace siglos, y ello hasta por los fieros arquitectos que levantaron aquel prodigio. ¡Escaleras que suben al vacío, y todo ello bajo el muy alto cenit presentido! ¡Oh techo que no veo; pero que conozco en tu omnipresencia! Allí estás, más lejano que el proyecto precario de los hombres. Y hacia ti subo para conocer el vacío, y vuelvo a bajar, y vuelvo a subir, agitado intento de la fe. Pero la oscuridad y el silencio son tus cómplices, y bajo mis botas siento el crujir de planos abandonados, la caída hueca de una calavera que grita un eco infinito, la mirada en silencio de un arquitecto devorado por su muy grande locura. A estas alturas todo queda muerto. Me arrastro ya por los escalones que conducen al abismo, y palpo mi muerte antes de quedar suspendido. Porque allí se me reveló el único pecado, y digo que es quedar suspendidos por la muy universal noche. Y bajo arrastrándome, y encuentro nuevas escalas que gravitan, incesante y fiero laberinto escalado, hacia las oscuridades donde más próximos y lejanos quedan los techos, ¡Oh fiebre! ¡Oh deseo de culminar en algo! ¡Oh ilusión, que con grande malicia pierdes a los hombres en tus infinitas posibilidades de ascensión y descenso! Allí, donde no existía ni el más leve recuerdo del sol, se aumentaban en ruidos espantosos y universales hasta los más suaves y discretos pedos. Todo era ruido en aquel silencio, en aquel vacío. Fue entonces que como cascada se fue precipitando hacia mi terror, el paso benigno de los redentores, de los muy grandes y prodigiosos cangrejos. Era la comparsa que nos salvaría de la creación. Y fue así que comprendí lo muy bochornoso de mis antiguas aspiraciones e intentos, y por ello decidí saludar, desde el vértigo de mi escalera, las antenas maravillosas de aquellos monstruos de tamaño descomunal. Eran benignos sus motivos, y ello porque pronto salieron al sol y comenzaron a dirigir la tierra hasta su límite de mundo, y sentía, bajo mis muy felices piernas, que el gran edificio de la pirámide cedía, y se acercaba al vacío, y un placer que subía desde mis partes pudendas invadía toda mi existencia en dulce arrobo. Ya cede toda la gran pirámide; el mundo fue devorado por los cangrejos, y era entonces que me colmaba la dulce sensación de caída. Ya todo cae: cangrejos, pirámides y hombres; los humanos ya entienden sus pasados errores, y se acercan a lo benigno de la destrucción. ¡Oh caída! ¡Oh devorado globo de tierra! ¡Oh cangrejos que flotan en algún rincón del universo!"

Y fue así que se quedó muy aliviado el corazón de los humanos. Ya no existe el terror, y ello porque ya no existe vacío que aplaste. Todo lo creado fue devorado. No hay gigantesco y fiero dedo que señale. Se ha realizado el muy supremo acto de liberación. La suma caridad es la obligada, insistente y gigantesca destrucción. Y usted me habla de la guerra, y la muy general matanza que se realiza allende de estas gruesas paredes. Entienda que, para mi alto concepto, la matanza es una dulce nostalgia, verdadero recuerdo de estos cangrejos devoradores de la creación.

Me habla usted de grandes y abominables crímenes que se cometen día a día, y que sólo yo podría contener. Pero entienda que no es mi voluntad evitarlos, sino, por el mucho contrario, que me complace ver a los hombres lanzados a la destrucción redentora de la vida. Está en mi conocimiento que esos pobres desdichados se rebelan bajo la bandera de mi grande nombre, y ello es de este modo porque soy para ellos viva representación de sus más ocultos deseos. He tenido pan, y ellos apenas lo han comido; he tenido poder, y ellos adivinan sus muy dulces frutos. No me engaño pensando que mi atracción es puramente carismática, mágica y de muy grande naturaleza teologal, sino que por lo oído insisto en que su interés cifrado en mí es por pan, que es para este adelantado una muy noble materia; pero digo que es cielo, y que hasta más, para esos desdichados que cruzan la vida llevando sus pequeñas tragedias domésticas y de corral, que son la esclavitud, el dolor y el general silencio. Y ahora grito que yo me alzo como aquel que se llamó Prometeo, y renuncio a los humanos deseos y añoranzas, y por ello, que es renuncia a mi deleznable humanidad, recobro el signo perdido de la piedad luciferina: ¡destruid! ¡destruid! ¡destruid! Y hasta reconozco que mis razones se nublan por la pasión; pero es que vivo exaltado con lo que usted me ha revelado. Habla de indecibles crímenes realizados en mi nombre, y ello llena de aladas emociones mi corazón, y todo porque coinciden los hombres conmigo: y ahora manifiesto que en su equivocación coinciden con mi paisaje revelado, con mi única y brillante verdad, que es magnífica visión de siglos. Porque es sutil ironía, ya que ellos matan en nombre mío que estoy muy imposibilitado, por estas gruesas paredes. ¡Son ángeles! ¡Mis ángeles de la destrucción! Algunos, los más ingenuos, piensan que matan por justicia. Y sí, esos puros son mis más queridos hermanos, y ello porque yo también me enfrento a Dios con esa grande palabra. Ellos matan convencidos del bien que hacen al destruir la vida. Quizás piensan en humana justicia, en demasiado humana justicia; pero lo importante y único es que coinciden, que coinciden conmigo en palabras y acciones, aunque no en últimos motivos. Lo único y verdadero es que para nosotros, los elegidos, la sangre es el grande bien. Otros matarán ya no por alientos volanderos, sino por pan, venganza, codicia y lujuria, en fin, las muy generales pasiones. Pero repito que ellos también son hermanos míos, y eso porque nos reunimos en la harto dulce coincidencia de la destrucción. ¡Qué bellos van con machetes ensangrentados al sol, y entonces caen sobre la muy tierna carne de los niños! Aquel que mata es mi hermano, y añado que lo es hasta uno que mate únicamente por mí, y que es el más miserable, porque ama sin entenderme.

Hay moradas en que vivían los hombres que llamo dichosos. Ellas estaban entretejidas con los olivos, y también con los muy delicados arroyos del Peloponeso. El cielo era de un azul grande magnífico, y que llenaba de mucha alta euforia el ánimo de hombres y mujeres. Sonaban los delicados alientos de las flautas sobre aquellos parajes, y eran graciosos los sentimientos de los hombres, que jugaban con niños desnudos sobre la muy lozana yerba. Y era alegre el cencerro del macho cabrío cuando descubre a los amantes que gozan entre los zarzales, ¡Ay! Pero qué dulce habitación aquella que pone a los hombres al aire sin que sientan el vacío. El plácido y azul mar de las islas no es agua, agua y más agua, sino el mar de los griegos, ¡distancia de comercio y poesía! No hay caída fugaz a la más impasible de las miradas. Esta morada cuida al hombre. ¡Qué lejanas estaban las catedrales! ¡Y ahora detengo las refluyentes razones, y a joder voy con el Perico alto![2]

El Obispo Larra contestó la desencajada misiva del loco trágico. Sus razones se vuelven apasionadas. Convencido de la absoluta enajenación de Baltasar, sus requerimientos cobran un tono de súplica desesperada:

2. Quiere decir que ha detenido los pensamientos que le obsesionan, y va a gozar de la euforia causada por la yerba narcótica llamada Perico, que es la renombrada Maloja del siglo XIX y la Blancanieves de la época presente.

Mi muy querido Secretario de Gobierno:

Vuelvo sobre estos escritos para insistir, ante vuestra Excelencia, de la necesidad de que vuestra voluntad se ponga al servicio de la paz, recobrando para sí todos aquellos poderes que le son propios en virtud de nombramiento de plaza.

Los asesinatos sin límites que los sediciosos continúan realizando a nombre de la restitución que a cargo sucesivo le hemos ofrecido, llegan al extremo de lo insostenible por la más elemental decencia entre humanos. Nos llegan noticias de horribles asesinatos de niños. Hace ya dos días en Fuente de Cocos fueron encontrados los cadáveres descuartizados de diez infantes. Y queda referido que una pequeña fue cortada en muy pequeños trozos y embutida en las bocas de sus pequeños compañeros. Estos benditos infantes, mártires de su fe, habían sido secuestrados en los pasados ataques a las muy prósperas haciendas de Villahermosa, Valle del Norte y Sierra Chica. Todos estos horribles asesinatos son perpetrados en vuestro dignísimo nombre, y es por ello que reclamo, de vuestra misericordia y piedad, el acceso vuestro al poder que detendrá la desencadenada locura. Porque sólo usted, y vuestra muy benévola palabra, pueden apaciguar las violencias que se han desatado sobre nuestra una vez pacífica plaza. Y repito que sólo usted, como dignísimo representante de vuestra raza, puede acaudillar un muy noble intento de tranquilidad y general sosiego. Y es así que de usted dependen las incontables vidas que se encuentran en grave peligro a situación de hoy. ¡Que Dios ilumine su misericordia, y le recuerde el muy grave compromiso que con el bienestar del prójimo se implica en todo poder!

Para esa misma fecha, 9 de octubre de 1768, el Obispo Larra escribía en su diario:

¡Qué esfuerzo en adelantar el ejercicio del poder a los hombres que reclaman pureza! Este hombre que ocupa mis horas, esperanzas y esfuerzos, cotorrea mucho, y algo que dice es que la vida le parece indicio del vacío, y encuentra solaz en la creencia de que el terror es la única misericordia posible para lo creado. ¡Qué bastas son sus razones peligrosas! ¡Qué lejos me encuentro de él, yo, que he vivido el poder como delicado compromiso entre la compasión y el terror! Sí, porque mi difícil vida, ya que no su agradable y pretendida beatitud, es delicado vaivén entre la compasión, que nos obliga a construirle morada a los hombres, y el oscuro, ¡oh, muy oscuro!, impulso a la destrucción de la humana vida y las generales existencias. Y buscando lo primero caigo en lo segundo, y en la gestión de lo segundo saco fuera de necesidad lo primero, ¡Oh poder, quién te quiere! Esclavo soy de la compasión y el terror, de la morada pretendida necesariamente sobre los cadáveres que ya no la necesitan.

Y luego añade:

Contemplo la guerra y la matanza, y os aseguro que no hay nada en el hombre que sea advertencia para el hombre; sólo un Dios, con sus magníficos y monumentales accesorios, puede evitar que los hombres reconozcan la nada dibujada en el rostro del prójimo, y ya entusiasta por la general inocencia, o por la joven pureza, maten, maten, maten hasta el límite de la existencia.

A continuación les leeré algunas meditaciones de Alejandro Juliá Marín en torno a la renuncia de nuestro héroe Baltasar:

La mirada del héroe

Buscaba un gesto que resumiera todo su afán: ejercicios de laberintos sin respuesta. Dibujos que no alcanzaban la precisión del sueño. Cascadas de papel que fatigaban techos lejanos, de los cuales ya no llegaban claras noticias. Maqueta ya irremediablemente perdida para su mirada. Cuando su aliento apenas alcanzaba tanto simulacro, tomaba una larga pipa que avivaba el intento.

La maldita naturaleza fue dispuesta para que gravitásemos en ella hasta el límite de la muerte. Las avenidas de acacias, los cercos de corozos y abanicos disimulaban, con su racional belleza, una maldad ubicua, inexorable. Era su primer asalto a la creación. Revelaba la maldición oculta de lo que crece y vive.

El paseo

Todas las mañanas sale a tomar el sol. Es obligación subirlo, con ceremonia y pompa, a las altas almenas. Cuatro fuertes negros llevan el doloroso trono. Con suave seña renuncia al parasol. Se alejan los humildes.

Hacia Pueblo Viejo y Laguna Alta se forman espesas humaredas.

"¿Estarán quemando rastrojo?"

Por fin encontró el gesto único. Sin sufrir molestia alguna, miraba al sol de frente. Olvidaba la luz.

El Obsipo Larra no cedía en su empeño por lograr la colaboración de Baltasar. Después de la carta que leíamos anteriormente, el Obispo realizó dos intentos fallidos. Esta vez el requerimiento no se hacía por medio de misivas. Se trataba ahora de "tentar" la voluntad del héroe con aquellos placeres anejos a todo poder. Fueron organizadas dos visitas a su celda en San Felipe del Morro. Una consistía en llevar ante su presencia seis bellísimas doncellas desnudas; la otra puede ser resumida como la presentación de los más exquisitos manjares de la mesa obispal. Desesperado por las continuas negativas de nuestro héroe, el Obispo pretendía doblegar su voluntad halagando los más elementales apetitos del ser humano: el sexo y el sustento, el "sustentamiento" y la "unión con hembra placentera". Era el último asalto a la voluntad del genial vidente. Pero Baltasar permaneció inconmovible en su renuncia a un poder que violentaría su lograda verdad.

El fracaso del Obispo Larra queda recogido en estas dos crónicas de su Secretario de Cámara Don Pedro Francisco de Zúñiga. Leamos estas sabrosas relaciones:

Como acto de extrema necesidad de estado el Obispo Larra decidió tentar la voluntad del súbdito Montañez con aquellos dos bienes que, según la autoridad de Aristótilis, sirven de motivación para el duro trabajo humano, y que son el sustentamiento y la unión con hembra placentera.

Fue a fecha del 24 de octubre del 1768 de nuestra edad creyente, cuando hubo gran curiosidad y algarabía de gentes frente al Palacio Arzobispal. El pueblo seguía, con esperanzas y ruegos a la Santísima Virgen, los intentos del Obispo Larra por restaurar, a su muy debido poder, al único hombre que se consideraba portador de la paz entre las razas de esta isla, y ese era el súbdito Baltasar Montañez. Los soldados de infantería que le harían guarnición a la carroza de nuestro benigno pastor vieron necesidad de disparar al aire, y ello para dispersar la curiosa multitud que imposibilitaba el tránsito de la comitiva. Y era el objeto máximo de la curiosidad pueblerina seis muy hermosas doncellas que serían presentadas, ante el deseado Don Baltasar, esa misma tarde de esperanzas y ruegos. Y digo que fue con grande retraso y conmoción que la comitiva salió de la plaza, y ya en Campo del Morro pudo aligerar su paso, siempre protegida la carroza de nuestro amadísimo pastor por los valerosos infanteros de nuestra muy respetada y loada guarnición. Eran visibles en el benigno rostro de nuestro querido pastor las graves cuestiones de estado que ocupaban su ánimo en aquella jornada. A lo largo del trayecto se oían gritos de ¡Traed al deseado Malumbi! ¡Traed al deseado Malumbi!

Y una vez que arribó la comitiva a la magnífica Fortaleza de San Felipe del Morro se oyeron los clarines anunciando la comitiva de jerarquía real. El lugarteniente de la poderosísima fortaleza presentó llaves de guarnición al Obispo Larra, quien asistió personalmente al cuido de las bellas doncellas que servirían de señuelo, y ello para avivar la misericordia de Nuestro muy querido Señor Baltasar. ¡Muy atento el pastor a las dulces ovejas que traerían a rebaño a la muy descarriada! Una vez que el Obispo hizo la presentación ante el Excelentísimo Secretario de Gobierno, se procedió a mostrarle al renuente enajenado las muy sabrosas partes de aquellas hembras que inflamaron todos los masculinos corazones, y digo que también otras partes muy pertinentes. Las doncellas mostraban un pudor que era signo claro de su muy loable condición de féminas de recato. Y refiero que esta vergüenza encendía más nuestros humanos deseos, tan lejos de ser cumplidos en ellas. Y muchos deseamos ser aquel extraño hombre, que a maravilla nuestra distraído permanecía mirando a través de los barrotes que daban al furioso mar. Ni siquiera de reojo miró aquellos indecibles encantos: ¡qué firmes pechos! ¡qué abundantes y hermosas carnes pudendas! ¡qué bellísimos rostros! Pero aquel desdichado permanecía impasible, tanto ante las gracias de las doncellas como ante los requerimientos de nuestro pastor. En todos los allí presentes se originó el justo pensamiento de que aquel hombre no era humano en sus pasiones, con tal desprecio ignoraba la ocasión del más querido de los placeres que pueden disfrutar los hombres. Y nuestros pensamientos lograron mayor justeza cuando el Obispo Larra mandó a desalojar la celda y dejándose caer sobre una butaca de ocasión que allí estaba dijo, con la voz cargada de muy sincera emoción y lágrimas a punto de alterar su acostumbrado compuesto continente: "¡Baltasar! ¡Baltasar!... ¿por qué has renunciado a tu humanidad?" A lo cual aquel hombre duro, inclemente, enajenado y a claras luces falto de potencia en el miembro, lanzó una muy loca carcajada que hizo eco en todo aquel ámbito de piedra.

El cronista nos cuenta la segunda de las tentaciones, que consistía en los llamados "manjares de mesa":

Y hubo ocasión de confirmar la falta de muy humana pasión en aquel desdichado. Fue ello al presentarle los más dulces manjares de mesa que pudieron confeccionar los cocineros y reposteros de nuestro amadísimo pastor. Una larga procesión de sirvientes se adelantaba hacia el Campo del Morro, y toda aquella servidumbre llevaba bandejas que ofrecían las más preciadas delicias del campo y la mar. Adelantamos relación de aquellos felices confites, asados y verduras, y ello para que la posteridad reconozca la abundancia de placeres que nuestro prudentísimo pastor ponía a los pies de aquel hombre, que era como lobo, tal era de arisco y extraño para el humano comportamiento. Adelantado a todas aquellas delicias iba el tribulado Obispo Larra, cargada su grande corpulencia en vilo de dosel por cuatro fuertes negros.[3] Aquella tarde era particularmente poderosa en su calor; pero también era bellísima en su luz mezclada armoniosamente con el rumor de las olas en Puerto Tiburones. Y era por este calor que un grandísimo negro con pencas de las bien llamadas palmas de abanicos, solazaba con buen fresco a nuestro Excelentísimo pastor, quien tomaba colaciones muy frescas preparadas por su notable colador de cámara. Esta nota de muy fresca degustación era seguida por una grandísima bandeja de plata que contenía los más frescos néctares, y todos ellos de las pulposas frutas que crecen en esta regaladísima isla tropical. Allí había las llamadas guanábanas, que son especie de nísperos, y de la misma familia los sabrosos y muy aguachosos corazones, y las llamadas pomarrosas, que son como las manzanas de estas latitudes, y gigantescos plátanos que retozaban con la rica guayaba y la muy delectable piña, que es tubérculo de azúcar casi en pureza. Detrás de estas delicias del vergel de los trópicos se sucedían las cornucopias de la mar y el campo. La bandeja de mariscos guardó particular atracción para mi persona: allí vi ricas almejas aderezadas con limón; merluzas y sierras aderezadas con una salsa roja tan picante como deliciosa, y bien generosa en cebolla; y mi gloria de vista, ya que no de paladar, se excedía con una langosta muy confitada con dulce salsa de papaya. Pero aquello era un laberinto de gustos sutiles que jamás se agotaba, y ello porque alcancé a ver unos langostinos grandes como dedos, y estaban aderezados con la salsa peninsular de alioli, que es sabrosamente cargada en ajo. Los cangrejos al carapacho fueron muy del gusto de los que seguíamos aquella alegre comparsa –ya que no cuerno de la abundancia– de infinitos sabores. Y llegamos a la más alta gloria con el llamado carrucho, que es carne de concha troceada en vinagres y aceites peninsulares. Luego seguían las carnes del cerdo, y todos sus gustosos y casi infinitos derivados. Se le llevaban cochinillos

3. Según los testimonios de la época, Larra era sumamente obeso. Algunos cronistas señalaban que pesaba alrededor de cien "levantes", medida de aquella época que equivaldría a trescientas libras.

asados adornados con los llamados chicharrones, y muy bien compuestas morcillas de sangre de buena excelencia, y las tripas fritas llamadas cuajo, que luego eran recogidas con otro disfraz en el llamado Mondongo, que son los callos que se venden en el Arco de Cuchilleros, y también había patitas en salsa. Pero también intercalado en el reino del cerdo estaba el sabroso tasajo, que aquí se hace refrito con tomate y huevo, y que se conoce con muy graciosos nombres como Carne Vieja y Nalgas del Diablo. Pero aquello seguía, y luego desfilaban, ante nuestros desfallecidos ojos, los pesados guisados de viandas insulares, tales como los tubérculos yautía, ñame, plátano, los llamados guineos verdes, las panas y batatas, y también en los caldos aparecían como unos bollitos hechos del plátano verde rayado con el achiote, que eran muy regalados al paladar, pero de muy fea apariencia.

Casi al final llegábamos, con nuestras muy ansiosas miradas, a las aves embutidas con huevos cocidos, pimientos de las Indias, carnes en picado y mariscos variadísimos. Y al final iban múltiples colaciones del amable café que prodiga este clima.

La prueba de la dulzura de tan exquisitos manjares de mesa es que aquel solitario estuvo ahora en buena disposición de hablar con el Obispo Larra, y al tiempo probar los ricos entremeses y platos. Muy desencantados fuimos todos los de la comitiva, y ello porque esperábamos saciar nuestra bien dispuesta tripa con los sobrantes, resultados de la esperada negativa del Excelentísimo Secretario de Gobierno. Pero esta vez estuvo dispuesto, al menos, a no reír carcajadas locas, y fue así que los sirvientes subieron todos aquellos deliciosos manjares a las altas almenas, que era hacia allí que se dirigían los dos excelentes hombres de estado. Allí se posaron aquellas delicias llevadas a la gloria por la buena luz, el mar y las muy graciosas brisas de esta isla. Y aquí quedaron en soledad aquellos dos hombres que degustaban aquel carnaval de sabores. Y todos los de la comitiva quedamos allí, animados por las autoridades a mirar de lejos aquella forma de solaz campestre.[4] Fue largo el grave

4. A la jira o pasadía se le llamaba campestre.

asunto que aquellos hombres trataron, y ello porque todavía a la hora del bello crepúsculo se distinguían sus figuras en la lejana y alta almena. Y llegó la noche y fueron prendidas antorchas para iluminar las sutiles ponderaciones que allí debieron ocurrir. Yo, mis esperanzas de sobras sin cumplir, me dirigí a mi casa, y con la tripa crujiente añoraba ahora los humildes cocidos de mi honrada mujer.[5]

Juliá Marín comenta la renuncia de Baltasar a los más elementales placeres:

Ya todo terminó

Baltasar se distrajo por segunda vez. Las antorchas se apagaron hacia la alborada. Volvió a su rincón de piedra, y allí se entretuvo escuchando el rumor de los hambrientos que escalaban las inclinadas murallas. Se oían fogonazos de arcabuz. Los soldados custodiaban su propia tentación.

La maravilla del mundo ocupa al niño. El deseo del viejo se apaga con la cercana muerte. Sólo la infancia y la vejez se inclinan a la verdad. Una vez probada la luz es poco lo que ofrece el placer.

El día 8 de noviembre de 1768 tres negros revoltosos pretendieron liberar a Malumbi. Según los testimonios de la época, los tres sediciosos se acercaron de noche a la muralla norte del Morro. Habían atravesado el peligroso roquedo de Punta Tiburón, donde bate el más fiero oleaje de todo el litoral. Al pie de la muralla permanecieron escondidos toda la noche. Esperaban el paseo matinal de su héroe.

A continuación les ofreceré la noticia de época, crónica escrita por Don Jaime Villaurrutia, Secretario de domicilio del Capitán General de San Felipe del Morro:

5. La actitud del cronista ante los manjares la comprendemos si sabemos que las continuas revueltas habían producido carestía de alimentos.

Hoy, 8 de noviembre del 1768 año de haber nacido el Señor Nuestro, ha ocurrido suceso muy sangriento en la más fuerte plaza de todo este mar del Caribe, y queda entendido que es la amadísima plaza de San Felipe de Morro. Y a rápido seguimiento relataré lo allí acaecido: Digo que tres negros sediciosos y malvados pretendieron secuestrar a nuestro Excelentísimo Secretario de Gobierno Baltasar Montañez. Y este arrebato se pretendía en realización aquí donde él reside en comunidad y honor, la muy fuerte y excelente Plaza de San Felipe de Morro. Los revoltosos subieron a la baja almena del norte luego de cruzar, es de imaginar con gran tezón y peligro para sus salvajes vidas, por el roquedo de Punta Tiburón. Y digo que subieron como monos hasta la baja almena y allí esperaron, hasta que amaneciera y saliera Don Baltasar a su paseo de primera hora, pues repito que era pretensión secuestrarlo. Pero fueron equivocados todos sus pretendidos horrores, ya que fue el propio Don Baltasar, a quien ellos pretendían secuestrar, quien los delató, y ahora adelanto detalles sobre este muy notable suceso. Ocurrió que los sediciosos le hicieron señas a Don Baltasar para que se acercara a la almena, y entonces, ocultos por la sombra del muro, escapar todos. Fue en ese momento que Don Baltasar les gritó a los soldados que protegen a su persona, y ello con muy estrecha vigilancia desde las almenas superiores. Pero ocurrió con poca suerte que estos guardias no oyeron estas voces primeras de Don Baltasar, y ello según el testimonio dado por ellos ante la Capitanía. Los negros malos pretendieron arrastrar a la fuerza, único argumento de sus ínfimos razonamientos, a este Nuestro Secretario, porque era pretensión secuestrarlo, y hasta pedir muy alto rescate a nuestra jerarquía civil. Según los guardias de almena fue aquí que los gritos de Don Baltasar subieron más al cielo, y han dicho ellos que a principio, cuando no los oían, eran muy desvaídos; pero luego, cuando aquellos insensatos pretendieron llevarlo con fuerza, Don Baltasar gritó con muy viva y alta voz, y eran aquellos como alaridos suficientes para llamar a toda la guarnición, que entonces liquidaría las muy violentas pretensiones de aquellos sediciosos. Bueno, pues sigo con la referencia, y establezco que momento hubo en que los tres revoltosos impedían de libertad a nuestro Amadísimo Secretario de Gobierno. Pero Dios, que guarda con especial cuido la bienandanza de nuestras autoridades, le otorgó grandes y milagrosas fuerzas a Don Baltasar, y escapando éste de aquellas sangrientas pretensiones, digo que los sediciosos quedaron como desamparados, ahora sin rehén, a la intemperie peligrosa ante la muy afinada puntería de nuestros artilleros, y así fueron rotos en sus cuerpos, y también muertos, y todo ello por una grande descarga de fusiles y arcabuces suficiente para hacer huir a todos los de su maldita raza. Pero no he dicho que al primer momento de la descarga sólo dos fueron muertos, y que luego uno que pretendió huir se despeñó, y fue muerto por el picado roquedo de Punta Tiburón, que es como una piedra formada por cuchillos, y advierto que no exagero. Gracias a Dios no hubo laceración o molestia en nuestro Amadísimo Secretario, y la prueba de ello es que no perdió compostura, y tranquilizando con benevolencia los requerimientos de descanso y cuido hechos por las autoridades de plaza –responsables todas por su vida– no descompuso su paseo, como si nada hubiera pasado en torno suyo.

El Obispo Larra comentó en su diario aquellos sucesos, y llegó a simpatizar con los sediciosos que pretendían –lo mismo que él– una reintegración de Baltasar a la vida del poder. A continuación leeré estas dolidas páginas del Diario de Larra:

Esta tarde he visitado el sitio del pretendido secuestro de Don Baltasar Montañez, y al contemplar aquella sangre, todavía muy fresca, un tropel de dolidos pensamientos acudió a mi ánimo. Ocurrió en mi alma que me sentí muy hermano de aquellos que allí dejaron su sangre, y también sus muy queridas ilusiones. Ellos –como yo en mismo caso– fueron víctimas de la dura impiedad de este hombre. Sus ilusiones reclamaban un caudillo libertador, y también un jefe que los dirigiera en la muy diabólica gestión de alterar el orden dispuesto por Dios. Pero es en los efectos, y no en las causas, en los hechos, y no en las motivaciones, donde se manifiesta la muy grande maldad del ser humano. Sí, porque ellos quieren un bien que llaman libertad a secas, y que en sus inmediatos efectos trae el más horrible dolor a esta querida estancia. ¡Qué pronto pierde su camino el bien! Pero admito que ellos quisieron mucho bien para su pueblo, y este inclemente, inmisericorde les ha causado a sus anhelos la muy severa derrota de la muerte. Y soy hermano de ellos, y esto último es así porque también soy víctima de su renunciado pero muy maldito poder. Pretendí que este hombre fuera dulce compromiso entre las razas de esta muy hermosa isla. He fracasado con universal estrépito, y ello porque él ha convertido esta tierra en páramo muy quemado y sangriento. Pero fue buena mi pasión, como también lo fue aquella de estos hombres que aquí dejaron su sangre. Y tengo que aceptar que hermanado estoy con ellos en nuestras humanas ilusiones. Todas estas cosas pensaba al frente del muy extenso charco de sangre cuando sentí algo que incomodaba mi persona. Miré, y allí estaba, sobre la más alta de las almenas, aquel maldito que le ganaba la partida a los hombres que ahora obedecían la crueldad de su visión. Allí lo vi, convertido en simulacro de Dios, y mi alma tuvo un vuelco de íntima repugnancia.

¡Oh desdichados! ¡Hermanos en el padecimiento de esta muy inhumana causa!

Alejandro Juliá Marín nos comenta la pretendida liberación:

El suicida

Tropezaron con la verdad, y su mirada fue una extensa caída del alma. Las ilusiones oyeron un golpetazo rojo que la sorpresa no pudo alcanzar. De la euforia a la nada; como el soldado que clavando bandera en la cumbre conquistada oye de pronto un absurdo zumbido...

Pero quedó uno que no entendía. El que tristemente se llevaba el índice a los labios al mismo tiempo que sus músculos se hacían viejos, sabios, desesperados. Dicen que huyó: pero yo digo que tropezar con la verdad es algo perfectamente serio.

El siguiente diálogo –tomado del drama *La renuncia del héroe,* de Juliá Marín– adivina la lejana conversación en la almena que aparece oteada en la crónica de Don Pedro Francisco de Zúñiga. ¡Oh poder el del poeta! ¡Adivinador de la posible historia!:

EL OBISPO LARRA.– ¿Es que no has pensado en la crueldad que implica tu visión? ¿No te das cuenta de que tu verdad no sirve para vivir? Sólo la mentira piadosa posibilita la convivencia; sin ella el hombre no es límite del hombre.

BALTASAR.– No seas cínico. El hombre es animal de razón; su convivencia se funda en ésta y también en su instinto de conservación. Por eso no tiene que estar sujeto a la mentira.

EL OBISPO LARRA.– Llamas cinismo al desengaño que me avisa de la maldad humana. ¡Baltasar, Baltasar!... ¿No ves que la estupidez es más poderosa que el instinto de conservación? He sido confesor por largos años, y te aseguro que el hombre es el único animal que con tal de hacerle daño a otro se perjudica a sí mismo. He ahí su grandeza y tragedia. En ello es ángel; pero también la más temible de las bestias. En cuanto a la razón... Ni te ofrezco mis comentarios.

BALTASAR.– Deformando al hombre el poder justifica su propia existencia. Su pesimismo hace del hombre un eterno esclavo.

EL OBISPO LARRA.– *(Indignado.)* ¿Cómo te atreves a hablar de esclavitud? ¿No ves que tu renuncia ha desatado la revuelta más sangrienta que ha conocido nuestra historia? Has provocado a la bestia agazapada en el hombre. Esa razón que proclamas vive esclava del odio... En fin, que tu libertad termina matando niños...

BALTASAR.– *(Interrumpiendo.)* No pretenda jugar con mis sentimientos. Esos infelices se rebelan por razones que nada tienen que ver conmigo. Ahora bien, también ellos colaboran, con sus matanzas, a la destrucción de lo creado, que es la libertad máxima.

EL OBISPO LARRA.– No sabes lo que quieres. Confías en la razón y en el instinto de conservación; pero luego te regocijas con una libertad que destruye lo existente.

BALTASAR.– *(Con ironía.)* ¡He ahí su grandeza y tragedia!

EL OBISPO LARRA.– ¿Quién es el cínico?

BALTASAR.– Confío en la capacidad del hombre para sobrevivir sin Dios. Pero también confío en que el hombre, como acto de libertad suprema, preferirá destruirse y acabar con todo. Y así se corregirá el mayor error de Dios, la creación...

EL OBISPO LARRA.– *(Indignado.)* ¡Suicida, loco y contradictorio! Renuncias a Dios; pero no a rebelarte contra él. Renuncias a lo divino; pero todavía crees que la creación es un "error a lo divino". Eso confirma lo que siempre he pensado: toda crueldad es trasunto de creencia.

BALTASAR.– *(Caído en una profunda introspección.)* Usted no me entiende. Es la creencia en su horrible Dios lo que me quema las entrañas.

EL OBISPO LARRA.– Bueno, bueno... Acabemos con esta torcida teología. He venido a pedirte que te hagas cargo del gobierno. Es lo único que logrará la paz. Día a día mueren niños, mujeres y hombres inocentes a causa del "¡Viva Baltasar el deseado!" "¡Viva Malumbi!" *(Con ironía.)* Pues muy bien, también yo digo ¡Viva Malumbi!... Te suplico que asumas la responsabilidad que las circunstancias han puesto sobre tu conciencia.

BALTASAR.– *(Todavía sumido en la introspección.)* No hable de mi conciencia. La muerte de seres inocentes es para mí un alivio. El alivio de ver que la creación se agota poco a poco.

EL OBISPO LARRA.– *(Muy alterado.)* Eres un degenerado. Te subes al Olimpo, y desde allí niegas la mentira piadosa que posibilita la vida. Tu crueldad no tiene límites. ¡Maldito!

BALTASAR.– *(Tornándose irónico.)* Mi querido prelado... La mentira piadosa siempre ha existido, pero también las guerras. El hombre es el único animal que siente repugnancia por lo creado. Y esa repugnancia es más poderosa que todas las mentiras piadosas juntas.

EL OBISPO LARRA.– *(Un poco para sí.)* Si eso es así en frío, ¿qué será en caliente?

BALTASAR.– *(Sonriendo.)* ¡Complacido!

EL OBISPO LARRA.– *(Con gran solemnidad.)* Por favor, no regresemos a las sutilezas de antes. Su pueblo lo necesita, y también nosotros. Todos somos víctimas de su renuncia. Por última vez, le suplico que acepte el poder.

BALTASAR.– *(Cínicamente.)* ¡Qué poderosa teología!

EL OBISPO LARRA.– *(Visiblemente alterado.)* Es usted un monstruo.

BALTASAR.– *(Con voz tranquila, un poco para sí.)* Renuncio a Dios y al hombre, a los dos rostros del mismo error.

EL OBISPO LARRA.– *(Con voz débil.)* Es usted un peligroso engendro... El único consuelo que cabe es que mutaciones como la suya ocurren cada mil años..."

Apéndice

BORGES, MI PRIMERA NOVELA Y YO

COMENZARÉ POR LA SEMBLANZA de una figura literaria que hubiese fascinado a Borges. Se trata de un escritor menor, de talento algo dudoso y atormentado por algo que una vez leyó en Henry Miller: decía el sabio de Brooklyn que peor que tener talento artístico es pensarse poseedor del mismo, vivir el engaño. Es alguien que ha descubierto que su arte no es del todo evidente. Nuestro escritor, sin embargo, se ha cuidado de caer en la amargura. Ha preferido, luego de mucho esfuerzo, la admiración y el entusiasmo por los que lo precedieron en la ilusión. Se vislumbra, a sí mismo, en los años otoñales, como un *kapellmeister* que aún ama la música. Es custodio de la tradición a la que él ha accedido algo temblorosamente.

MI PRIMERA NOVELA, *La renuncia del héroe Baltasar*, es la reescritura de una leyenda del siglo XVIII puertorriqueño. Baltasar es un héroe de nuestro folklore salvado de despeñarse por la muralla de San Juan, y en una dominguera carrera de caballos, justo por la intervención del Santo Cristo de la Salud. Recuerdo aquel entusiasmo juvenil, a mis veinte y cinco años, por la obra del gran maestro. Quise escribirla teniendo como modelo cercano, casi íntimo y hasta secreto, lo que era, en aquel entonces, el universo único de mis influencias literarias. Pienso que fue Jorge

Luis Borges, justamente, quien decidió que mi novela sería *manierista* y no barroca.

Me explico, so pena de sonar pretencioso: en vez de recargar la mano en la amplificación de los efectos narrativos, sobre todo de las descripciones, trataría de lograr la perplejidad que nos provocan los espacios equívocos, las falsificaciones, el ánimo paródico e historicista, colocar la ventana ciega, trazar el pasillo que conduce a la puerta tapiada, subvertir la historia de la misma manera en que Borges subvirtió la metafísica. Quizás, siguiendo al maestro, mi ambición sería acariciar la inteligencia más que los sentidos. Es decir, estaría obligado no sólo a ahorrarme la ponderosa influencia de Alejo Carpentier, mi otro dios literario en aquel entonces, sino a abreviar el aliento de mi narración, o dicho de un modo más llano y efectivo: me ahorraría muchas páginas, pretendería ser más certero. *La renuncia del héroe Baltasar* es una novela corta de apenas cien páginas, como corresponde a un novelista en ciernes marcado por la influencia de un cuentista tan perfectamente estricto en el uso del lenguaje como Jorge Luis Borges.

Y esto de la extensión no es un criterio pueril. Pienso que ya fuera de la influencia del maestro porteño, mi escritura un poco se enfermó. Anhelé echar nuevas raíces en aquel barroco caribeño que me deslumbraba. Se me antojaba que la literatura puertorriqueña era muy recortada y hasta pedestre en su realismo. Mi segunda novela, *La noche oscura del Niño Avilés*, sí recibió los auspicios del barroco caribeño, desde Carpentier y Lezama Lima hasta García Márquez. Entonces fue la primera vez que comprobé cómo la escritura puede convertirse en grafomanía. Ya rebasadas las mil páginas de un apretado manuscrito, decidí convertirla en tetralogía, un modo de admitir, a pesar de los pasajes deslumbrantes, cierto fracaso en esa economía que los escritores debemos a los lectores.

Si la amplificación de la cláusula es el signo de esta novela, con sus enumeraciones, polisíndenton, morosas caracterizaciones e imágenes visionarias, con esa tendencia a detener la narración en favor de la descripción, la seña de identidad de la primera novela es el conceptismo, el llamado *concetto,* es decir, el intento, algo excéntrico, de convertir la novela en un artefacto que narre una idea. Justo por esto Borges resulta cada vez más contemporáneo. Es un escritor que, como diría Barthes, siempre le pone comillas a lo que narra, a modo de cita, a modo de distanciamiento. Conocer la tradición es, en ese sentido, apropiarse de manera irónica de aquello que nos antecedió. Estamos a un paso de la parodia, pero no cedemos a ella. Borges es demasiado sutil para asumir ésta. Ahora bien, este padre de la posmodernidad nuestra de cada día entonces concibió la ficción más en función de la perplejidad que del dramatismo.

Mi primera novela sería, según lo anterior, el esfuerzo por movilizar un conflicto mediante la aventura de una idea. Hay algo pretenciosamente cartesiano en todo esto, justo porque se trata de una novela. Por algo Borges prefirió el cuento... De todos modos, la idea de la novela sería el nihilismo y el conflicto se centraría en las tensiones raciales durante el siglo XVIII puertorriqueño. Entiendan que nada tiene que ver esto con la literatura de ideas, o la literatura comprometida que Borges aborrecía tanto, como Nabokov. Ahora bien, admitido, es un poco una manera de empezar al revés. Siempre le digo a mis estudiantes de composición literaria que empiecen por algo concreto, por un detalle de la anécdota, jamás por lo que ellos entienden que es el tema de una narración.

¿Por qué me repito esto aquí, justo en este simposio melancólico celebrado en Buenos Aires? Quizás porque luego abandonaría la influencia de Borges para retomarla algo tardíamente. En esa elipsis hay una búsqueda que explicaré por paradigmática, porque, a la postre, sólo a mí me interesarían sus pormenores, de verdad.

Abandoné a Borges, abandonaría a Carpentier y a Lezama, justo en la búsqueda de mi voz propia. Son datos, también reflexiones, que identifico con un tiempo, una edad, en que mi escritura aún no había madurado. Por lo tanto, esas dos novelas juveniles son, propiamente, variaciones en torno a un modelo ajeno. También es una manera de colocarnos en la tradición. Somos las hojas de esos árboles frondosos que son los grandes escritores. Pienso que cualquier imitación, claro está, pertenece más al modelo que al imitador. Las imitaciones son esas glosas necesarias para comprender mejor el original, las notas al calce que aclaran un texto, esas trémulas persecuciones generadas por los estilos enormes que marcan épocas en la literatura.

Se trata de Hemingway, Borges, Kafka, Joyce, unos pocos, con toda seguridad García Márquez para nuestra literatura. Justo la tradición sería, entonces, ese necesario pertenecer a otros y en la sombra de otros, esa ambición por justo abandonar esa influencia que también resulta –en su lado maligno– mortífera y cruel, dañina para el talento.

Eso sí, más que de los tics o maneras de un estilo, se trata de una voz, esa cualidad que vuelve inconfundible a un artista, tanto del canto como de la escritura. ¿Por qué resulta única y necesaria la voz de Borges? Para saberlo tendríamos que describir esa cierta manera, o *maniera,* de Borges a la que hemos aludido.

Se trata lo mismo de un acercamiento a la temática como de un uso del foco narrativo y ese simulacro de voz anejo a éste. También es, como ya hemos dicho, la difícil propuesta de narrar una idea, de volverla imperiosamente dramática. Quizás el modo más seguro de caracterizar esa voz, de captar su cualidad irreductible, sería reconocerla justo cuando se aleja de su centro, de sus cualidades más evidentes. En "La intrusa" tenemos un cuento en que esto ocurre. Así pienso. Y es como si dentro del maestro Borges existieran las posibilidades de otros escritores cuyas rutas él apenas siguió. Para el discípulo que se mantiene alerta esto es un descubrimiento importante: es la manera más segura de liberarse de la ansiedad de la influencia, de ya emanciparse, por fin, es el rincón secreto del genio, su punto ciego, aquel que el maestro apenas puede reconocer, pero que es la salvación para el discípulo convertido en *kapellmeister* melancólico.

¿Qué se vislumbra en esos límites, en esos puntos ciegos, en esos rincones secretos? En esos límites de la escritura de Borges vislumbro cierto tipo de realismo que supera la parábola a la vez que conserva su justeza.

Siendo la *parábola* ese artefacto narrativo cuyo rasgo definitorio está en una relación necesaria con la temática, justo porque está al servicio de un concepto, en "La intrusa" la voz en primera persona de Borges –esa voz que aquí es testimonial, de testigo de la acción– explica la fatalidad del *cainismo* a la vez que es una de las narraciones realistas más convincentes del universo borgiano. Aquí el concepto no es impedimento para el desarrollo de un dramatismo urgente, impostergable, cautivador. Quizás fue ésta la influencia borgiana que busqué y entreví en aquella primera novela juvenil.

Es entonces que me percato de que en Borges existió siempre la semilla del escritor que he querido ser. Prefiero, efectivamente, una voz donde la perplejidad siempre resulta de la capacidad para ilustrar, por medios narrativos, alguna idea fija, una obsesión, o quizás, también, esa organización compleja del pensamiento que es la metafísica, los confines ideales de la experiencia humana, ésos que Borges reconocía como modos alternos de la ficción.

En *Sol de medianoche,* mi novela más reciente y que también considero, en un sentido, mi primera novela, porque ya finalmente quizás tenga voz propia, se da en el párrafo introductorio esa urgencia de la parábola; no hay concreciones ni detalles, sino una reflexión, la idea de lo que ha sido la propia vida. El foco narrativo es una primera persona protagónica que a veces se vuelve, como en "La intrusa", testimonial. Es alguien en el trance de contar algo inaplazable sobre sí mismo. Ese párrafo introductorio no se lo aconsejaría a ninguno de mis estudiantes de composición literaria. Viola mis propias reglas. Quizás justo por eso está bien. De todos modos, ahí está esa ambición de que la idea, el concepto, se vuelvan necesariamente dramáticos, de que, en algún momento, el ensayista o el obseso, sea asediado por la extrañeza de que su voz ha sido ocupada por el otro Borges.

(*Mapa de una pasión literaria*, pp. 211-215)

La renuncia del héroe Baltasar
se terminó de imprimir y encuadernar en enero de 2006
en Impresora y Encuadernadora Progreso, S. A. de C. V. (IEPSA),
Calz. de San Lorenzo, 244; 09830 México, D. F.
En su composición se usaron tipos EideticNeo
de 11:14, 9.5:14 y 9:11 puntos. Se tiraron 2 000 ejemplares.